ことば遊びの楽しさ

安江　茂

砂子屋書房

ことば遊びの楽しさ　＊目次

ことば遊びの楽しさ——土着文芸とその方法

装本・倉本　修

歌書　ことば遊びの楽しさ

ことば遊びの楽しさ

――土着文芸とその方法

はじめに

五年前に刊行した評伝『伊良湖の歌ひじり・糟谷磯丸』には予想外の反響があって、多くの方々から感想や質問を寄せていただいたが、その中で一番多かったのは、四十歳近くまでは文字も知らなかった磯丸が、いきなり歌を詠み始め、自分の歌を書きとめるために文字を習得したと言う、出来過ぎた逸話に対するさまざまな意見だった。磯丸の勤勉さや人柄への讃辞と共感がほとんどだったが、中には、文字を知らない人間が歌を詠むなどということはありえない。そんな現実離れした逸話を前提として伝記を書いてよいのかという御叱りや、遠回しに疑問を投げかけて来た人も何人かあった。

そうした疑問に対する答は簡単で、日本人が文字を知る以前から歌があり、歌は書くものではなくて歌うものだったということに尽きるだろう。口から口へ、耳から耳へ引き継がれてきた歌の数々を、初めて文字を知った日本人がたどたどしく書き止めたのが万葉集だったことを思えば、文字を知らない人にも歌が作れるということを疑う余地はない。ただ、この事例はあまりにも古く、抽象的に過ぎてピンと来ない。もう少し新しい事例で説明できないかと考えたとき、あるある、磯丸の生きた江戸末期はもちろん、もっと身近な時代まで、何人かが寄ってたかって一つの歌を作ったり、問答式のかけ引きで盛り上げるゲーム化された言葉遊びが、日本には存在したのである。

言いっ放し、出たとこ勝負で、記録にも残らない言葉遊びは特にこの中京地区で盛んで、こうした土壌が歌に出会う以前の磯丸に与えた影響は小さくなかったはずである。こうした言葉遊びの実際を、私自身が生れ育った岐阜県の山村の事例から考えてみたのが本書である。事例を集めて紹介するのに精いっぱいで、新しい研究も発見もないが、まとめておかなければ忘れられてしまうような、日本語のよさや特徴、楽しみ方などについて書いてみた。

ここで紹介したからしを吟社の活動の中では、短歌と俳句も活発に行われているが、「ことば遊びの楽しさ」では触れなかった。ここではあくまでも雑俳を対象に、かつての日本に存在した共同文芸の在り方や、言い放しで記録を残さない娯楽文芸の楽しさについて考え、その雑俳が、文芸とは意識されない意外なところで今も生き続けていることについて、考えてみたいと思ったからである。したがってここでは、雑俳種目の各々についてその特徴やルールを解説することが中心となり、短歌と俳句については触れなかった。

短歌と俳句については、今さらルールを説明しても仕方がないが、だからといって、総合文芸の実践者であるからしを吟社の活動から短歌と俳句を無視することもできない。「短歌と俳句」及び「古典和歌に見る老いの風景」の二編は、それを補う意味も含めながら、からしを吟社の活動とは離れたところから私個人の考えを述べたものである。「言葉あそびの楽しさ」と合せて、文芸の在り方について考えるきっかけになればと願っている。

一、峠が守った文化

雪に覆われた北アルプスが、槍、穂高、乗鞍、御岳と続く尾根づたいに、岐阜と長野との県境がある。三千メートル級の雄峰を連ねて南下する嶮しい山脈が、御岳を境にして急に高度を下げ、飛騨山脈は呼び名を変えて阿寺山脈となる。このあたりは、御岳の山裾深く食込んだ木曽川の支流王滝川と付知川、飛騨川の支流加子母川（白川）などの水勢がせめぎ合って、県境線は複雑な起伏をくりかえす。

張り出した信州王滝村の重量を、首を折って必死に耐えているような形で、岐阜県恵那郡加子母村という、人口四千人ほどの山村があった。「あった」と過去形で言うのは、平成の大合併で、ここは隣接する付知町や、島崎藤村の生誕地として知られる長野県馬籠地区とともに、中津川市に編入されたからである。

地図の上で、JR中央線中津川駅と高山線下呂駅を直線で結ぶと、ちょうどその真ん中あたりに位置するこの村は、古来「裏木曽」と呼ばれて、きめ細かく優美な木曽檜を産出することで名高かったから、徳川時代を通じて御三家尾張藩の直轄領とされ、藩の財政を支えてきた。明治維新を機に尾張藩の領地は国のものになったから、今は旧加子母村の九七%を占める山林のほとんどは国有林となっている。

川沿いに村を縦貫する国道二五七号線の南北は、塞神峠《さいのかみとおげ》と舞台峠という二つの嶮しい峠で区切られ、そのほかにも加子母川にそそぐ主要な小谷を登りつめると、そこには必ず隣の村に通じる山越えの道があった。杣と猟師だけが通るこんな岨道にも、鞍掛峠、真弓峠、白須峠、木曽越峠、花道峠などと優しい呼び名がついていて、峠の向うの異郷に限りない憧れを抱いて生きた先祖たちの心が偲ばれる。

峠は人の行き来を拒み、文明の交流をさまたげるから、村は都会の喧騒に遠く、物質的な豊かさには恵まれなかったが、そのかわりここには、峻別され余計なものを捨て、みがきぬかれた知恵だけが持ち込まれた。そして、ひとたび選ばれて定着した文化は、峠という城塞によって、移り気な世間の流行から守られる。

前置きが長くなった。私は峠について語ろうとしたのではなく、峠に守られた村の文化について語ろうとしていたのだ。この村に生れ育った私には、幼時に体験した生活習慣や信仰に関わる行事、子供の遊びなど、どれをとっても懐かしいことばかりだが、ここではまず、ユニークな運営でこの地に根づいている「からしを吟社」という文芸結社の活動を通して、土着文芸のひとつの在り方を探って見ようと思う。そこには、文芸が理論化され細分化され、専門化されてゆく以前の、背後に生活を負ったしたたかな活力が息づいていると思うからである。

二、からしを吟社

川に沿って、南北十二キロに及ぶ加子母村の、どの位置から見ても、唐塩山は王者の貫録で中央に聳えている。校歌にも盆踊り歌にも歌われて、村人に親しまれ村を象徴する山である。唐塩山に雪がかかると、ふもとは冬支度を始める。いただきの雪が消えると、苗代の準備が始まる。唐塩山は四季折々に表情を変えて人々に語りかける、村の生活に最も密着した山である。この村の文芸結社が「からしを吟社」と名乗るこころは、多分この山のイメージと関連するのであろう。その活動も、村の生活歳時記と深くかかわり合っていて、世間一般の文芸結社とはよほど違うように見える。

からしを吟社が、世間一般に行われている文芸結社ときわだって異なる点は、参加するメンバーが文芸のジャンルを固定せず、あらゆる種類の定型に積極的に参入してゆくところにある。ここは短歌結社でも俳句結社でもなく、敢えて言えば「雑俳屋」の集まりなのである。（雑俳については別項で詳述する）最近の十年ほどに発行された年刊作品集「からしを」によれば、新春句会をはじめ年数回の定期句会を持つほかに、時にはバスで奥飛驒や信州あたりへ吟行することもあるらしい。

そこで行われるのは短歌、俳句、川柳、里謡正調、狂俳（冠句）、ひなぶり（狂歌）など多岐にわたり、メンバーはそのどれに参加してもよい。というより、一つの部屋で次々に種目が替りそれぞれに席題が出て、みんながその空気に巻きこまれてゆく。そういう席に居れば、自ずとその雰囲気に呑みこまれてゆき、不得意な種目にも参加したくなるのだろう。

近頃では多くの自治体に文芸協会などがあり、機関誌も発行されているが、その場合でも定型のジャンル別に各々のサークルは独立していて、短歌、俳句、川柳、冠句など、それぞれのグループとして独自に活動しながら、経済的理由などで発表の場だけを共有していることが多いようである。掛け持ちでいくつかのグループに顔を出す人がいても、それは個人の選択であって組織運営上の問題ではない。

ところがからしを吟社の場合、一つの組織があらゆる種目を包括していて、種目ごとにそれを得意とする人が選者をつとめ、グループ指導体制で運営する仕組になっている。例えば俳句の選者は俳句に関しては一座を取り仕切る立場にあるが、川柳を取り上げる座では一会員に過ぎず、作品を提出して選評を受ける立場に立つ。このように、一つの会合で、同一のメンバーが、種目の垣根を越えて合評会や即吟会を催す例は珍しいのではないだろうか。

私が子供のころ、九月二十二日の秋祭りとその前夜は、一年のうちで最も楽しいひと時だった。参道の両脇には木枠の絵灯籠が整然と並び、その一つ一つには吟社の句会入選作品が達筆で書き入れられていた。奉納の獅子舞を見終えた人々は、丹念にその作品を読んで廻りながら、句を論じたり絵や書について批評したり、それは賑やかで楽しいひと時だった。

中に見馴れない雅号を見つけたりすると、その正体がどこの何兵衛さんかをめぐってまた話が弾む。日頃はぼろを着て泥まみれになって働いている男衆が、粋な作品を引っ提げて颯爽と登場した時など、祭りが済んでからも、静かな村にひと時の話題を提供する。からしを吟社はそのような場を通じて、同人のほかにも熱心なファンを持っている。その意味では世にまれなほど幸せな結社だと言えた。

三、雑俳というゲームについて

加子母村（現中津川市加子母）の面積は一一四平方キロメートル。一村の面積としてはかなり大きいが、耕地面積はわずか三パーセントしかない。あとは山と川と原野。農業では暮しがたたないから、村の男たちの多くは山仕事についた。営林署に勤めるといっても仕事は山仕事の現場である。勤務地は自宅通勤の不可能な奥地にあるのだから、現場に寝泊まりして盆と正月、祭り日や農繁期などの限られた日にだけ家に帰ることが出来た。そんなとき、久しぶりに我が家に帰って、やることがいっぱい溜っているはずの男たちが、夜になると誰が言い出すでもなく、そわそわといつもの場所、麹室《こうじむろ》に顔を合わせて句会を始めるというのだからよほど変っている。大正から昭和初期の、テレビもなくインターネットもなく、楽しみ事に飢えた時代のこととは言え、そこまで男たちを夢中にさせた「雑俳」とは一体どういうものなのだろうか。

歴史的に見れば、雑俳は楽しみながら一首の和歌を作るゲームから発展したものである。まず初めに一首の和歌を二人の作者が付け合いで詠むゲームが考えられた。連歌を「筑波の道」と呼ぶ契機となったと伝える『古事記』のエピソードもその一つである。日本武尊《やまとたけるのみこと》が東征のとき、甲斐の酒折の宮で火焚きの翁に向かい「新治《にいはり》筑波を過ぎて　幾夜か寝つる」と問いかけ、翁は「かがなべて

夜には九夜《ここのよ》　日には十日を」と答えたという。このように問いかける歌と答える歌が凝縮されて一首の歌が生れる。

二人のかけ合いで一首の歌を作って終るのが短連歌。その後さらに誰かが五・七・五と続け、誰かが七・七を添えて、五十句百句の長編に及ぶのが長連歌。長すぎるのも負担が大きく、芭蕉以後は三十六句で打切る三十六歌仙が俳諧の代表的形態となった。

一人の世界に引きこもって歌う和歌と比べると、みんなで作る連歌は社交的で楽しいが、それでも和歌の伝統と格式の世界を受継いでいるだけに、作り方のルールは複雑で長さも長く、素人にはなかなか入り込めない難しさがある。

そこで、連歌を学ぶための練習版のような形で前句付《まえくづけ》というゲームが考えられた。前句付はまず五七五七七という和歌の形を想定した上で、前句として下句の七七を先に出題し、それに対する答として、ふさわしい上句を考えさせるもので、出題の下句と答の上句が揃って一首の和歌になれば完成するから、連歌のようなややこしい規則や制約がなく素人でも参加しやすい。誰でも一度は聞いたことのある有名な例を挙げれば

前句・きりたくもありきりたくもなし……付句・盗人《ぬすびと》を捕へてみれば我が子なり
前句・石に布団を着せられもせず………付句・孝行のしたいじぶんに親はなし

この場合の付句は昔から有名だから、私などは古川柳の一句と思い込んでいたが、実際にはこの

句は前句付の懸賞募集に、それぞれの前句に応じて寄せられた付句であり、この句が出来た当時はまだ「川柳」という概念は存在しなかった。はじめは前句と付句の絶妙な組み合わせで成り立っていた前句付が、引用句のように付句だけで十分意味の通じる句が多くなると、読者はもう前句を当てにしなくなり、付句だけが一人歩きをはじめて「川柳」という新しい種目が生れたのである。

しかし川柳が独立した後も前句付という遊びが廃れたわけではなく、新しくさまざまな形を取入れながら、懸賞金のからんだ娯楽文芸として栄えて、ゲームの数は無限に増えてゆくが、その中でからしを吟社で行われるのは十種目ぐらいだろうか。それらの形式や方法について順次述べてみたいと思う。


雑俳と一口に言っても、その中にはテレビなどの娯楽番組に登場する折込都々逸《どどいつ》や川柳、なぞなぞ、語呂合せなど、現代の一般家庭の茶の間にも馴染んでいる遊びもあれば、もう少し高度のルールに縛られた、連歌に近い現代風付合まで様々である。ここではまず先述の「からしを吟社」で行われているような種目を中心に説明したい。一般的には雑俳の種目に数えられていても、からしを吟社では行われた形跡のない種目については、後から補足して取り上げようと思う。

私はこの文章の中で、からしを吟社の活動を、あたかも見て来たかのように書いているが、自宅から通える範囲には高校もなかった当時のこと、私がこの村で暮したのは中学卒業までのことで、ここで作品を紹介する作者たちとは、親しく話の出来るような関係ではなかった。先述した村祭りの絵灯籠や、吟社のメンバーだった兄からもらう作品集を読んで、その人たちのことは比較的よく知っていたから、兄が話してくれる句会の様子や、そのときのメンバーの表情から声の調子まで、手に取るように分る気がした。しかしそうは言っても、子供が大人たちの楽しみを理解するには限界がある。第一その当時の私は、後年になって自分がそのことを文章にまとめようなどとは考えてもいなかったから、見聞したことを何一つ書き残していない。

だが幸いなことに私の手元には、昭和四〇年代後半の年間句集が数冊と、村の文芸愛好者のリーダーだった佐藤狂浪が残した『文芸手帖』という冊子が残っている。狂浪は昭和五年に発刊した雑俳誌「即興聯盟」を皮切りに、現在のからしを吟社設立まで、経済的な事情もあって何度も挫折を繰り返しながら、そのたびに立ち上って村の文芸振興と若手の育成に心血をそそいだ。『文芸手帖』はそうした村の文芸史を、その活動を支えた人々の作品とともに紹介した、狂浪の個人的な回顧録とも言えるものだが、一方でこの書は、狂浪が村の公民館で青年団の若者たちに講じた文芸講座のテキストに加筆して、村で行われている文芸を種目別に解説した文章が載っており、吟社の活動が取り上げている雑俳の概略を知ることが出来る。

雑俳は、形式はほとんど同じでも峠一つ越えれば名称が違いルールが違う場合があるほどだから、これが正しいという決め手はないが、本書の中で述べる雑俳のルールに関しては、狂浪の『文芸手帖』によることにしたい。

このように、村の文芸活動を組織面から構築し発展させた佐藤狂浪に対して、作品面から牽引した人に安江碧雲と細川茶骨がいる。碧雲については後に俚謡正調を説明する時に紹介したいので、ここではまず碧雲の弟子筋にあたる細川茶骨から紹介する。茶骨は碧雲の薫陶を受けて雑俳をよくし、特に俚謡正調と狂俳を得意とした。古狸庵茶骨と名乗ってその筋には名の通った作家だったが、遠藤周作の狐狸庵先生が世に出てからは、古狸庵を捨てて本名の細川を名乗り、時事川柳などで現代風俗や政治批判などを歌うときには、深山路男というペンネームを使った。

寄る年波で山仕事から引退した茶骨が、肺切除手術を終えて実家で療養していた私に声をかけてくれたのが縁で、私はたびたび彼が釣糸を垂れている川岸に押しかけて、雑俳の話を聞いた。茶骨の話は狂浪のように理詰めではなく、資料に裏付けられた正確さもなかったが、句会に参加するメンバーの醸す雰囲気がよく伝わり、その形式の中に盛り込まれるべき心の在りようがよく伝わって、私はしばしば身のふるうほどの感動を覚えた。

いま私は、その時に聞いた茶骨の話を「からしを」旧号や狂浪の『文芸手帖』で裏付けながらこの文章を書いている。以下、からしを吟社で行われている雑俳種目を順次取り上げて説明することにする。

四、雑俳の種類

1　狂俳について

①狂俳のルール

昭和五十四年の十二月、NHKテレビが「狂俳をたのしむ」という番組を組んで、からしを吟社の句会風景を全国放映した。酒井アナウンサーの司会で、長老佐藤狂浪の率いるメンバーの活発なやりとりが続いた後、ゲストの小鳩くるみに出題の順番が来て、苦しまぎれに「恋ごころ」という席題を出したとき、メンバーの細川茶骨がすかさず「燃えてくるみの胸はあつあつ」と付けた場面が印象に残っている。言うまでもなくこれは小鳩くるみの名前と「来る身」とを掛けた洒落だが、この出題の仕方と答え方のなかに狂俳の特色が見えている。

狂俳は東海地方独特の郷土文芸で、行われる範囲も岐阜県と愛知県に限られ、現在も美濃地方に愛好者が最も多いという。昔は古今伝授のような宗家直伝の芸とされ、加子母にそれを伝えたのは般若庵鬼角という俳諧師だった。彼は慶応二年生れの大工職人で御嶽教の大先達でもあったから、各地を渡り歩いて新しい文化を村に持ち込んだ。苗木の千早氏に俳諧を学び、後に三河の狂俳宗家から宗匠の称号を受けたという。したがって加子母の狂俳は三河の流れを汲んでいると言われるが、三河流と美濃流にどんな違いがあるのか、詳しいことは分らない。昭和十八年に鬼角が亡くなった後は宗匠は絶えて、先輩格のものが交替に選者を務めて今日に至っている。
加子母で行われている狂俳には次のような約束事がある
イ、題詠である。五音の自由題が合せて五題出され、任意に選んで付句をする
ロ、付句は七・五の十二音または七・七の十四音である
ハ、付句は原則として動詞で止める。「や」「かな」「けり」などは使わない
ニ、選の結果は原則として秀逸（天）、十内（二番から九番まで）、見返し（人）、二十内（一一番から一九番まで）、大尾（地）の順序で発表する
ホ、選評（キキ、探題、探りなどと記す）は作品に対する選者の答であり、その作品をどう解釈してどう評価したかを示すものだから、必ずつける
へ、選評（キキ）は必ず名詞止め、十四字（七・七）の定型で、入選全作品につける
作品は題に対して付かず離れず。「つかず」はどこかで題につながっているということで「はなれず」は題から離れてしまってはいけないということである。意表を突いたものをよしとするが、こじつけにならないこと。題材は時事問題から男女の濡れ場まで、何を取り上げても構わないが、狂俳はわずか十二字という最も短い短詩で、言い換えれば世界一短い詩だという自覚を持って作りたいと狂浪は書いている。手元にある年間作品集から作品をいくつかあげて見ると

題・節電……緑のカーテンゴーヤもぐ　（今井和子）
キキ……一挙両得、快居、快食　（選者・南竜太）

題・ほろ酔い……口三味線が背戸を出る　（島崎涼舟）
　キキ……夜風が撫でる萩の咲く庭　（選者・南竜太）
題・やれやれ……産声高く夜が明ける　（田口霞村）
　キキ……待合室にあがる歓声　（選者・島崎隆峯）
題・じゅんじゅん……決勝戦へ夢託す　（橘三花）
　キキ……燃えてこぞって郷土一丸　（選者・南竜太）

一句目は節電という出題を素直に受けて、エコの象徴のような緑のカーテンを出し、単純だが的確に世相を捉えた。二句目は逆に題も付句も懐古的で、それを受けたキキにも何となく昭和を懐かしむような雰囲気がある。三句目は「やれやれ」という題をこの作者は安堵の表現ととったが、たとえばここから他人の喧嘩をけしかけている場面とか、興奮したボクシングの応援団などを想像したら、まったく別の展開になるだろう。四句目の「じゅんじゅん」の場合、普通なら「諄々と説く」とか「順々に進める」という場面を考える人が多いだろうが、この場合は「準々決勝」を想起したところが手柄になっている。

また、昭和四八年の「からしを年間句集」にこんな作品がある

題・忍び足……そっと覗いて引き下がる　（三浦一酔）
　キキ……呼べば気の毒　見れば目の毒　（選者・佐藤狂浪）

男女の濡れ場に出くわした場面であろう。題を受けた付句の着想と、それをさらに展開するキキの呼吸には『犬筑波』を読むような楽しさがある。しかし狂俳はあくまでも作者と選者との一回のやり取りで完了し、それ以上の連続性をもたない。それは前句付が懸賞募集のために考案されたゲームで、一回一回区切りをつける必要があったからであり、もう一つ、レベルの不揃いな連衆（メンバー）が全員参加で楽しむには、連歌のように長々とした連続性は不都合だったという事情もあろうと思う。

狂俳には俳諧連歌のような連続性がないから、一つの出題ごとに区切りがあり、そのたびに参加するかどうかを選択することもできるという、きわめて自由な雰囲気がある。座を切り回すリーダーが決まれば後は人数制限もなく出入りも自由で一座一句の制約などもない。互選批評会ともなればまさに無礼講で誰が何を言い出すか分らない。こういう時の雑俳は、とめどもなく卑猥におちて行き、歯止めが効かなくなるときがあるので、以前の句会には女性の参加がほとんどなかったという。

句会は男性の社交の場であり、村の噂話や、人々の品評や、皮肉、駄洒落、冗談、猥談などに打ち興ずる機会だったから、そういう噂話や品定めを怖れながら同じ共同体の中に生きる女性にとって、最も苦手な近寄りがたいものだったのだろう。だから事前に題が発表されて作品を提出できる短歌や俳句には出詠しても、即吟会の座に連なるなどは、およそ気の進まないことなのであった。

戦後になって、安江清を中心に短歌を勉強して来た歌誌「暦象」会員の女性たち十数名が参加してから、男性の言動にも自制が働いて、からしを吟社の句会風景も大きく変ったということである。

②狂俳の作者と選者

狂俳の選者には、作品に対して必ず選評（キキ）を入れる義務がある。キキの出来栄えによって、題から作品へと展開した世界がさらに、作品からキキへと再展開するのである。その点では狂俳の選者の立場は歌仙の宗匠に近いと言える。出題された前句に対して一回の付句で完了する狂俳だが、キキの働きに連歌俳諧の心を残していると言えよう。

狂俳の座を捌く選者の立場はきびしい。選をすることは即ち作者の挑戦を受けて立つことだからだ。先述したように選者は選んだ作品の一作ごとにキキ（探題）を入れる。キキは七・七形式の一四音が基調だが、中には一作ごとにその作品に関連した里謡や川柳をつける選者もいるし、時には川柳など他種目の選にあたっても、狂俳のキキの形式で返す選者もいて、選句に要するエネルギーが並大抵でないことを思わせる。

川柳・兼題「家」「再会」……安江湖水選

・天位……家のある奴っていいナとビルの窓　（細川茶骨）

　キキ・広い地球にほしい一坪

・地位……新築の恵方に破魔矢夕陽受く　（小池共栄坊）

　キキ・施主も見上げる吉日の空

・人位……再開の姉は哀しき中国語　（相良一平）
　キキ・おぼろな記憶たどる古里
・追吟……どの家も共稼ぎらし留守ばかり　（湖水）

俚謡正調・兼題「野菊」「抜け穴」……深山路男選
・天位……春にゃ嫁菜と呼ばれてきたが露の情けで咲く野菊　（粥川一味）
　キキ・春は嫁菜で野菊の花もあせてうれしい実を結ぶ
・地位……地味な花じゃが野菊によさがあってかざした事務机　（島崎涼舟）
　キキ・派手じゃなけれど素直な育ちそこを買われた女秘書
・人位……抜け毛気になる鏡の中にチラと侘しくのぞく歳　（南　竜太）
　キキ・歳は言うまいまだまだなんの若いつばめもいるそうな
・選者吟……地味で素直な野菊の風情回り道して拾いもの　（路男）

狂俳・兼題「交替」「中天の月」「スカーフ」……佐藤狂浪選
・秀逸（天位）……交替・借りた式場時間来る　（南　竜太）
　キキ・お次の番だよ大安吉日
・見返し（人位）……交替・パート揃って出勤す　（青木涼風）
　キキ・送り迎えは会社のマイクロ

・大尾（地位）……スカーフ・茶菓子の残り包んどる　（一票子）
　キキ・もらって帰る坊やのおみやげ
・追吟……老いのたわごと言わでもがなの世話を焼いては嫌われる　（狂浪）

狂俳の場合、選の発表は秀逸（天位）、見返し（人位）、大尾（地位）の順番に並べられることは先に述べたが、さらに引用例で言えば、秀逸と見返しの作品は三つの兼題の中の「交替」を受けており、大尾は「スカーフ」による作品であることを示すために、それぞれの作品の前に題を掲げてある。

今、私の手元に興味深いメモがある。最後に紹介した狂俳の選者佐藤狂浪が残した「選句メモ」で、正規の年刊句集には収録されなかった選者の考え方が覗いていて面白い。

選外秀作
・中天の月・古城ひそかに街眠る　（一票子）
・中天の月・噂の人が背戸ぬける　（林　碧仙）
・交　替　・歩哨に冷えた夜具が待つ　（安江湖水）
　以上キキ・なかなかうまいが古色蒼然

ああ勘違い

・交　替　・新聞束ねてとっておく　（岩木咲男）
　キキ・交替じゃないこれは交換
・交　替　・隠居ができて横座あく　（細川茶骨）
　キキ・空いてしまっちゃならぬ交替

負けて残念
・スカーフ・風呂敷代わりにして使う　（岩木咲男）
　キキ・茶菓子に負けてまこと残念

なかなかうまいと認め、その詩情を惜しみながら、発想の古さゆえに選から外した作品を、選外秀作という架空の欄に据えたのは選者の未練で、心の中に葛藤するものがあったからだろう。また、出題の語句を取り違えてピント外れになった作品を指摘したり、スカーフを風呂敷代わりに使うという、入選作と同じ着想の選外作には、着想は同じでも出された茶菓子を包んで帰るという具体性において、入選作の方がすぐれていることを示唆してフォローする。加子母の文芸部長と言われた狂浪ならではの行き届いた指導ぶりである。これだけの前提を知ってから読むと、選句の最後に据えられた追吟「老いのたわごと言わでもがなの世話を焼いては嫌われる」には、また格別の味わいがある。

もう一つ面白いのは、佳作に入選した句の中にもキキの横に添書きしたメモがついていることである。

・交　替　・娘をやって嫁もらう　（島崎隆峯）

キキ・厨に立つは来てくれた嫁（キキで拾ったホントは交換）

キキに続いて括弧で括られている文章が添書きだが、ここには選者の本音の告白がある。「ああ勘違い」という特別欄を設けてまで、言葉の使い方や解釈に厳しいところを見せた選者が、ここではキキがうまく出来たからというので、同じ勘違いの作品を拾っている。矛盾と言えば矛盾、独善と言えば独善だが、こういうところがまた雑俳らしくて面白い。作者も選者も巻き込んで展開するこの気安さが雑俳の本領なのだろう。

2　里謡正調と都々逸

①俚謡正調のルール

俚謡とは里歌、つまり民謡というほどの意味である。寄席の大喜利などでお馴染みの都々逸と同じ、七・七・七・五から成る気分と情緒の謡である。あえて「正調」を名乗るのは、卑猥低俗を排し、都々逸と一線を画する正統文芸の意気込を示すためだという。

「からしを」旧号から

・燃える思いも小粋な嘘も乗せて真っ赤な郵便車　（粥川一味）
・花の春さえ杯伏せて富士の姿がよい手本　（田口竹仙）
・仕事ひとすじ生きぬく人と見えぬ今宵のかくし芸　（梅田冷宵）
・母の便りは留守居に来いと里へ帰れる名文句　（粥川津宇）
・波の立つ日も笑顔で漕いで嫁が舵取る世帯船　（田口霞村）
・落しのこした熟れ田の溝をのぞく野菊の水鏡　（古田夢耕）
・春の野山になさけをかけて杣が残したやまざくら　（島崎涼舟）

七・七・七・五の形式は単純素朴だから、即興を楽しむ句会の席では、上下の付け合いや折込など、ゲーム的な雰囲気に乗せやすい。そういう時には俚謡正調といえども興に乗って無限にエスカレートし、都々逸との境などなくなってしまうが、それも御愛嬌というものだろう。しかしそれも気心の知れた者同士が顔を合せる句会での話で、整理されて年刊句集などに残る作品は、驚くほどしみじみとした情緒をただよわせる。

俚謡正調の起源をたどると、明治二十五年に黒岩涙香が創刊した日刊紙「萬朝報《よろずちょうほう》」に文芸欄が設けられ、そこで涙香が提唱したのが発端で、和歌の美や俳句の閑雅に加えて天地と人情の美しさを歌うことに狙いがあるという。

この萬朝報を舞台に活躍した一人に加子母の安江碧雲がいた。碧雲は萬朝報が毎年発表する入選者番付で長年にわたって横綱を張り、「美濃に碧雲あり」とうたわれる存在だったという。大正九年に涙香が亡くなると、碧雲も第一線を退いて村の若い人たちの育成に努めた。先に紹介した狂浪や茶骨も碧雲に育てられた一人である。からしを吟社では今も涙香、碧雲の正統を継ぐという誇りを持って「俚謡正調」と正確に呼ぶことにしている。

ちなみに、昭和五年に碧雲の後ろ楯を得て狂浪が立ち上げた俚謡中心の文芸誌「即興聯盟」は、東京、神戸、新潟などに支部をもち、十七号をもって終刊とする時には、発行部数は三〇〇部をこえていたという。現在のようにマスコミを利用した宣伝もできず、電話さえ村に数台しかない時代のこととして考えると、これは実に驚異的な数字と言えるだろう。素人経営のため、発行部数が伸びても経済的には苦しく、特に誌代の回収がうまく行かずに廃刊になったのは惜しまれる。

碧雲の俚謡作品を、遺稿集『馬子と馬との』より拾う。

・歌留多一つに重なる手と手浮き名浮き腰及び腰
・嬉し初夢秘めよか言おか秘めておきたし話したし
・馬子と馬とのどちらが眠る手綱のびたりゆるんだり
・今朝のことさえ忘れる日永同じ話も二度三度
・宵の千両にゃ値上げの沙汰もなくてうれしいおぼろ月
・文の長さに短夜更けて書けたかと鳴くほととぎす
・忍ぶ恋なら灯を消せ螢晴れた仲なら昼も来い

・見やれ子にだけ重ね着させて藪の竹にも親心
・夜空眺めて倅のうわさ星が南の空へ飛ぶ
・魂が来たやら盆灯籠の合図めかして灯がゆれる
・髭の手前も忘れて泣いて秋は気弱な虫ばかり
・馬は軍馬に召されて瀬戸の刈らぬ芒に虫が鳴く
・啼かにゃ啼かぬで啼くより淋し止まる枯れ木の夕鴉
・妻のリュウマチ夫の中気生きる苦労も半分ずつ
・言わば浮世のタデ食う虫よわたしゃ私の目でほめる

碧雲の作品は、方言を駆使して土地の風習や信仰を歌ったり、世相をくすぐるように歌う作品にも絶妙の味があるが、ここでは解説の要らない平明な作品のみ挙げた。

里謡正調は、通常の句会では原則として題詠で、五つくらい並べて出される題の中から任意に選んで歌う。季題については入れてよし入れなくてよし、俳句のようなこだわりはないが、季題の必要を主張する人もいる。それは涙香が残した「時の匂いを持たせたい」という言葉の中の「時」を、季節の意味にとるか時局とか世相の意味にとるかの違いで、簡単に結論は出ないと思われる。ちなみに、安江碧雲遺句集は季別に編集され、無季句は無季句で別項を立てている。これは碧雲自身が季題必要論者だったためか、父の遺句集を編集した安江洋平の考えなのか、私は確かめていない。

②里謡正調の可能性

・比島あたりへ流れた星を泣かぬ目で追う夜の蠅　（安江碧雲）

紫峰と名乗って雑俳をよくした長男をレイテ島の海戦に失ったとき、安江碧雲の詠んだ作品である。「泣かぬ目で追う」の一語に万感がこもる。しかもその悲しみの中ですら、流れた星の行方を追ううつろな目と、まつわりつく蠅を打払う気力もない、放心の老いの姿を重ね合せる技巧を忘れない。

わが子の死に直面した親の悲しみさえ率直に表現できない時代だった。「泣かぬ目で追う」という言葉には、建前で健気さを装いながら、鋭く本音を覗かせる雑俳の特色がよく表れている。同じころ養継嗣春洋を硫黄島に逝かせた釈迢空や、二男茂二郎をシベリヤに失った窪田空穂の挽歌と比べてみると、その違いが理解されよう。

また同じころ、島倉幽花坊と名乗る青年教師が、新妻と幼子を残して南方の海戦に散って行った。彼に戦地詠がある。

・不覚　もらした妻子の名前　さめて露営の星を見る　（島倉幽花坊）

夢で妻子の名を呼んだことを、不覚だったと彼は歌う。だがそれは彼の建前であり、強がりにすぎないことが、読む者にはすぐに分る。「不覚にも」などと歌いながら、実はせめて夢の中でなりと会いたいと願って、夜ごとその名を呼びながら床に就く夫だということを、銃後の妻は知っていたに違いない。

不幸な時代を生きた「草莽」の心根を表現するのに、七・七・七・五のしらべは意外な効果をあげている。短歌定型に拠った米川稔や渡辺直己の戦地詠にみられる、神経質に張りつめたひびきとは違う、どこかおっとりとして緊張をほぐすリズムが、却って深くやりきれない悲しみに読者を誘うのだ。建前と本音をからませながら、独特のリズムに乗せて諧謔的に歌う俚謡正調は、戦場のような極限状態に身を置いた者の表現手段としても底力を発揮している。

俚謡正調は単なる滑稽文芸ではない。自然描写はもちろん、批評も風刺も日常の暮しの中の喜怒哀楽も、この形式の中に十分盛込むことが出来る。私がそのことを強く意識したのは、調べている「からしを」旧号の中に、同人の追悼句会の記録をいくつか見出したときであった。俚謡正調は挽歌には軽すぎると思っていた私は、この形式だからこそ可能な感情表現があることを、作品を通して思い知らされたのである。

・笹の葉擦れの高鳴り暮れて庭につめたく積む吹雪　（小泉すいれん）
・沖のさざ波白帆をのせて舵も（加子母）迷わじ永遠の旅　（佐藤水仙）
・笹波去りても遺作は朽ちぬ村を興した名も残る　（三浦郷風）
・ソフトムードで波風たたずたてた手柄の村づくり　（加藤つや）

・舞台峠の歌声かれるむごい野分の笹の浪　（田口竹仙）

長年村長として村の戦後復興と近代化をリードし、村を過疎の波から救った曽我笹波の追悼句会の記録から引用した。四十余名の出席者のうち、俳句二句のほかはすべて里謡による追悼句が並ぶ。生前に里謡を得意とした笹波への葬送曲は、七・七・七・五のリズムこそふさわしいと、からしを吟社の連衆は考えたのだろう。日頃は歌誌「歴象」の会員として短歌一筋に励んでいる女性たちも、この日は慣れない俚謡を試みている。

同じころ世を去った同人の中で、短歌一筋に打ち込んでいた内木正年を追悼する席では、ほぼ同数の出席者のほとんどが短歌を詠んでいるから、こうした席では故人の得意とした形式に合せて送ることが、習慣のようになっているのかも知れない。

諧謔を身上とする雑俳によって人を悼むことを不謹慎とは言えないだろう。正面から嘆いて見せるより遙かに深い悲しみのかげを、これらの句は宿している。雑排には時流を風刺したり権力者を笑い飛ばす無頼な一面があり、こまやかに自然を描写する手法があり、しみじみと人を悼み人情を歌い愛情を訴える心がある。雑排はさまざまな可能性を合せ持った庶民の文芸なのである。

③選者の責任

話をもう一度細川茶骨に戻したい。茶骨もまた安江碧雲に刺激を受けた文学青年の一人だった。加子母川の源流をさかのぼり、信州王滝村に通じる白須峠一帯が彼の仕事場で、峠の手前には白須池という隠れ沼があり、そこには峠の向うに住む若者に恋をした少女の悲恋物語が伝えられていた。異郷の若者との叶わぬ恋をはかなんで入水する村の乙女の物語は、学問的には各地に分布する類型の一つに過ぎないが、限られた生活共同体のなかで暮す人々にとっては歴史そのものであり、先祖の切実な体験談でもある。文芸をかじり始めたばかりの茶骨は、あるとき「顔」という出題を受けてこの伝説を詠い、萬朝報に投稿した。

・のぞくまいぞえ白須の池を男恋しの顔が浮く　（茶骨）

自信があったわけではない。数を稼ぐための苦しまぎれの作品だった。「白須の池には、男に焦れて死んだ娘の恨みがこもっている。男が池を覗くとその娘の顔が浮かんできて、引きずり込まれるというから気を付けよう」というほどの軽い戯れ歌のつもりだった。ところが、池のことも伝説のことも知らない東京の選者は、この一句の意味をそう単純にはとらなかった。「恋を知る年頃になった一人の乙女が、親にも言えないひそかな思いを抱きながら、野良の行き帰りに白須池のほとりを通る。水面に映る自分の顔はもはやあどけない少女の顔ではなく、恋の煩悩に身を焼く女人の顔だ……」恋を知って変貌してゆく自分の姿を水鏡に見て揺れ続ける乙女心を表現した句として、選者の黒岩涙香はこの作品を最高作に選んだ。

選者の取り違えから高い評価を受けたことに、茶骨は長い間もやもやしたものを感じていたという。自分が考えもしなかった解釈から高評価され、名前が売れ始めたことに対する後ろめたさと不安があった。だが、時が経って自分が他人の作品の選をするようになって、考え方が変ってきたと茶骨は言った。一句の表現に、作者自身も気付いていない深い意味や可能性を見出してやることが出来れば、それも選者の大切な使命ではないか。

ただ、作者にそのことを理解し咀嚼する器量が備わっていない段階での過大評価は、作者の進歩を妨げるだけで終ってしまう。その意味では、作者が選者に挑戦する以上に、選者が作者に挑戦し、作者の隠された才能に向き合っているのである。

特に狂俳では、選者の姿勢はキキで示されるから、キキの出来栄えによって選者が逆評価されるという、きわめて厳しい試練を覚悟しなければ選者は務まらない。里謡正調の場合は狂俳のキキのような形で一句一句に答えるルールはないが、天、地、人、五客、十秀と続く上位入賞句のそれぞれに返し歌を添える選者が多いのは、からしを吟社の作句活動のベースに、作者と選者の凌ぎ合いの場という認識が強いからであろう。

俚謡正調や狂俳は雑俳の一形態で、あくまでも「肩の凝らない慰安文芸」だから、文芸の中の位置づけとして高いものとは言えないが、その雑俳にしてこれほど厳しく己を律しながら、作者と選者は向き合うのである。私には、あるとき茶骨がふともらした「心が弱っているときは、どうしてもキキの出来栄えのよい方を上位にしてしまう」という述懐が心に焼き付いて離れない。

3　前句付種目のいろいろ

前句付は雑俳の中心である。俳諧がより安易で参加しやすい雑俳への道を進み始めた当初から存在し、懸賞付きの前句付興行では常に主役の座にあった。地域とか宗匠の流儀によって「五文字付」「ゑぼし付」「かしら付」「冠付」「笠俳諧」などさまざまな呼び名があったが、江戸末期には上方では笠付《かさづけ》、江戸では冠付《かむりづけ》が通り名となっていたという。呼び名は違っても形式ルール共に大同小異で、大枠は狂俳と変らないので、説明は省略する。

前句付は連歌の付合の稽古として行われていたものが、貞門俳諧の盛んなときに独立普及したものである。あらかじめ想定した定型の一部分を前句として出題し、それに付句することによって一句を完成させる。例えば五・七・五の俳句（または川柳）形式を想定した前句付なら

イ、初句の五文字を出題し、中七と下五の十二字をつけて一句を完成させるのが「笠付《かさづけ》」または「冠付《かむりづけ》」

ロ、逆に下五文字を出題して上五・中七を付けさせるものが「沓付《くつづけ》」

ハ、百人一首の歌句五文字を出題しそれを初句として七・五の句をつけるものが「小倉付《おぐらづけ》」

ニ、中の七文字を出題して上五句と下五句を付けさせるものを「据字《すえじ》」

ホ、「……するものは」という課題を五・七・五で出し、それに答える七・七句を付けるのが「物は付」（後述する謎問答に定型の要素が加わったもの）

ヘ、笠付の変形として行われた「三笠付《みかさづけ》」は題の五文字を三通り出し、そのおのおのに七・五の

句を付けさせるもので、俳諧史の専門書での扱いは小さくないが、庶民の楽しみというより雑俳の賭博化に利用されたので享保年間に禁止された。その後復活して栄えたということも聞かないので、そのまま廃れたものと思われる。

このように雑俳種目は多様にわたるが、これらの前提を五・七・五（俳句・川柳）とするか五・七・五・七・七（短歌・狂歌）とするか、または七・七・七・五（都々逸）とするかによっても種目が別れ、雑俳種目は無限に増えてゆく。こうなった理由は江戸時代の俳諧宗匠が、雑俳興行で収入を得るために客引きのメニューを多くしたからで、メンバーの楽しみとしてやっているからしを吟社の場合は、句会で取り上げられる種目は単純で長続きのする基本形に限られる。以下それを順次取り上げることにするが、この種の雑俳は句集などに記録されることが少なく例題が乏しいので、理解しやすくするために必要な場合は辞典類や専門書、インターネットなどから引用した例題を示すことにする。

①冠句または伊勢笠付

狂俳と同類のものに岡山に興ったという「冠句」（かんく又はかむりく）がある。これは題（冠り）が五音の定型で出され、それに七・五の下句をつけて五・七・五の一句を完成させる前句付で、付句が十二音のところは狂俳と同じだが、結句が名詞でも構わない点と、題を離れてはいけないところが、付かず離れずを大原則とする狂俳との微妙な違いである。

冠句という呼び名は現在でもかなり広範囲で通用しており、中部から関西にかけて地方新聞の投稿欄には冠壇を設けているところがかなりあり、狂俳よりは世間に通用する名前となっているが、ここではモデルケースとしてからしを吟社を中心に述べているので、狂俳を冠句に優先して説明している。

冠句では、出題の五文字を入れて一句として完成させるので、出来上がった作品をを俳句に例えれば、題と付句で出来上がる作品は、すらりと詠み流した一物仕立ての句に近い。それに対して狂俳の場合は二物衝撃というか取合せの句に近いと言えよう。

なお、近頃では名も聞かず忘れられた存在で、からしを吟社の句会に取上げられた形跡もないが、雑俳史上では一時期かなり重要な位置にあったものに「伊勢笠付」がある。元禄末期または宝永のころから流行したと言われ、伊勢周辺で俳諧をたしなむ人はみな伊勢笠付から入ったと言うし、俳諧の中興期に中心的な存在だった三浦樗良《ちょら》も、伊勢笠付の点者として名を知られるようになったという。題は四字で出るがそれにつける助詞は作者の自由である。例えば

題・初めて……はじめての恋しまっとく古日記
……はじめてという振り互いに見ぬきあい
……はじめてで言葉につまるアナウンサー

②小倉付《おぐらづけ》

小倉付はその名の通り小倉百人一首の歌の中から任意に選んだ五文字を出題し、あとに七・五を

付けて一句に仕上げるもので、和歌の一部を取って俳句（川柳）を作るところに面白味がある。

佐藤紫蘭の『雑俳諧作法』によると、このゲームには「しばり（禁じ手）」があって時に「曲取り不可」などという条件が付くことがある。曲取りは広辞苑に「曲芸として物をあやつること」とあり、これを言葉の上で言えば、極端にもじったりこじつけたりして言葉をもてあそぶことを言うらしい。題の五音をこじつけて無理に作った句は「病句《やまいく》」と呼ばれて真っ先に選の対象から外される。たとえば

題・今はただ……あなただけよと嘘ばかり
題・ももしきや……パンティ団地の窓に垂れ
題・かくとだに……なおかゆくなる胁や股

掲出の一句目は「今はただ思ひ絶えなむとばかりを人づてならでいふよしもがな（左京大夫通雅）」の初句五音を題に、その言葉を素直に受けて一句に仕上げているので問題はないが、二句目は「ももしきや古き軒端のしのぶにもなほあまりあるむかしなりけり（順徳院）」の歌からの出題。「ももしき」は百敷とも百石城とも書いて宮中を表す言葉だが、それを無理やりに「股引やパンティが……」とこじつけたところが病句なのである。三句目も同様の理由で「曲取不可」の条件下では病句になる。他の種目の場合でも「曲取不可」の条件が付くときは同様で、たとえ「曲取可」であっても、曲取句は高点句にはなりにくいといわれる。

③沓《くつ》付《づけ》

冠付の反対で下五文字を題として上五中七を付け、一句を完成させるゲームをいう。

題・百貨店……見るだけのはずを買わせる百貨店
題・売れ残る……父親と仲が良すぎて売れ残る

元禄時代に流行したが、その後低調となり、明治になって復活の兆しもあったが、あまり栄えることもなかったらしい。茶骨の話では、やさしいゲームなので、からしを吟社でも時々息抜きとしてとりあげられたというが、記録には残っていない。

④据《すえ》字《じ》

笠付の上五、沓付の下五に対して中七音を決めて出題し、その前後を付けさせるのが据字《すえじ》である。題となる言葉を据えてその前後を付けるのだから、正確に言えば前句付種目は全部が据字なのだが、なぜか笠付と沓付は据字の中に入れない。これをアレンジして、上五と下五を決めて中七音を付けさせる方法や、上五中七を出題して下五だけ付けさせる方法など、いくつかのやり方がある。

有名な俳句の中七を出題して上下句を付けさせると、思いもよらない奇想天外の句が出来て面白いという。これなどは短歌や俳句で真面目な議論に疲れた頭をほぐすのに最適で、からしを吟社でも時々は取り上げられたと言うが、茶骨の思い出話を聞いただけで句集に記録されていないのが残念である。例題として『雑俳諸作法』より引用する。

題・ことのついで○……〈お悔やみの〉ことのついでに〈無沙汰詫び〉

題・色里や○○○○○○秋の風……色里や〈格子古びて〉秋の風

⑤もじり付

前句付の一種に「もじり付」という種目がある。もじりとは有名な格言や詩句を言いかえて、滑稽なまたは風刺的な言い回しを楽しむ言語遊戯のことである。

イ、まず上五・中七から成る十二音の句を作る

ロ、その句の中七をそのまま受け継いで中七・下五から成る別の句を作る

ハ、上五と下五が共有する中七にはもじりが入り、別の意味を持たせてあるので、イの五・七とロの七・五とは同じ中七を共有しながらまったく別の意味になる。

このような方法でそのよじれ方の面白さを競うゲームであるが、言葉で説明しても分りにくいと思うので実例を引く。

・御法門　ありがたかりし　梨の芯

・寸秒を　あらそっている　焼きするめ

一句目、御法門は仏の教えのことだから、前半は「あのお坊さんのお説教は有難かった」と言うほどの意味だが、中七音をもじって「捨てられた梨の芯に蟻がたかっていた」と情景を一変させ、意表を衝いたのである。二句目も同じで、タッチの差を争う緊迫した瞬間を想像させ、期待を持たせておいて「あら！ 反っている」と後半で逆転させた。こういうこじつけの面白さはここでは評価されるが、例えば小倉付のような前句付の種目では曲取とみなされることがあるから注意が要る。ところで、これらの句は表記の仕方を変えると「謎かけ問答」となり、別の楽しみ方ができる。

・御法門とかけて……庭に捨てた梨の芯と解く
　　こころは……ありがたがる（蟻がたかる）
・寸秒の争いとかけて……焼きするめと解く
　　こころは……争っている（あら！ 反っている）

これはもじり付とはまったく別の遊びであり、定型を離れた散文の領域で交されるゲームなので、後ほど項を改めて説明したい。

⑥折《おり》込《こみ》

在原業平が三河八橋で詠んだという「から衣　着つつなれにし　妻しあれば　はるばる来ぬる　旅をしぞ思ふ」という歌が、「かきつばた」の五文字を五・七・五・七・七の頭に読み込んだ「折込歌」のモデルとしてよく引用される。このように元来は楽しく和歌を作るための遊戯的な技法だった折込が雑俳に取入れられると、さまざまな工夫を施されて俄かに精彩を放つようになる。

たとえば、折込の基本形として最も人気のある川柳の五・七・五を前提とした折込の場合、五・七・五それぞれの頭に同じ字を折込む「一字題」（同字折句）。題の二文字を上五と下五の頭に折込む二字題。題の三文字を五・七・五それぞれのの頭に折込む「三字題」。漢字二字を句の任意の箇所に折込む「漢字題」。五・七・五それぞれの句の真ん中に出題の三文字を置く「中折句」。出題の三文字を五・七・五それぞれの句の最後（裾《すそ》）に置く「裾折句」など、工夫次第でいくらでも新種目が誕生する。それが和歌、俳句、都々逸など、それぞれの定型ごとに可能なのだから、ゲームの数は無限に増えてゆくのである。現在この形式のゲームを最も活用しているのは寄席の大喜利で、若手が瞬発的な技を磨く実験台として活気を生んでいる。

かくも多様な形式に挑戦しながら、庶民が求めたものは何だったのか。単調な日常生活にアクセントを求めたと言えばそれまでだが、それにしても、次々と新しい形式を考え、生み出して行くエネルギーは並大抵ではない。

日常の暮しの中に本音を吐露する場を求めようとすれば、人を傷つけたり権力を刺激したりすることは避け難い。本音の持つとげとげしさを機知によって和らげるのが雑俳の特色だったから、一つの形式にこだわりそれを守り通すというよりは、場に応じ雰囲気に合せて、多くの手法を繰り出して行く必要があったのだろう。その使い分けもまた庶民の生活の知恵だったのである。

⑦十四文字《じゅうよんもじ》

短歌の下七・七が独立した短句を十四文字という。狂俳におけるキキの形とも言えるし、小倉百人一首の取り札の句とも言える。題に合せて七・七の十四文字の句を作るゲームである。短歌の三十一文字、里謡（都々逸）の二十六文字、俳句の十七文字に対抗して、十四文字で何が言えるかが見せ場である。出題の具体的なイメージに縛られる狂俳や冠句と比べると、十四文字の出題は「辛い物一切」とか「大工道具一式」という大雑把なもので、作者はその範囲で自由に想像を広げて作れるから、のびのびと楽しめそうなゲームである。この種目がからしを吟社で行われた形跡はなく、茶骨の話にも出なかったので、私は『雑俳諧作法』を読んで初めてその存在を知った。そこに載っている事例は

題・青いもの一切……男らしさが目立つ剃りあと
題・〃……人工芝が映えるナイター
題・〃……マリモが人を寄せる阿寒湖

など、おおらかで自由な雰囲気はあるが、例えば同じ七・七の定型でも、狂俳のキキが作品と切り結ぶときの気迫はここにはない。句座がマンネリ化してきて、変ったことをやって気分一新しようと言う時に取上げる程度の補助種目と言えようか。

ただし、素人相手に多額の懸賞金をつけて一回限りの勝負をかける賭博俳諧の点者たちにとって

は、制約が少ないほど素人の参加が得やすく恰好な金づるだったから、江戸末期には相当の流行を見たようである。

この形から派生した同類種目もたくさんある。たとえば出題の二文字を七・七の頭につける「十四文字折句」。同じ字が七・七の頭につく「同字折短句」などがあり、佐藤紫蘭はさらに「気結十四文字折句」「九十九折短句」「上下付」「冠沓付」「気結　上下付」「気結　冠沓付」「同字上下付」「漢字同字上下付」「二字漢字上下付」などの十四文字からの派生種目を挙げているが、ここでの説明は省略する。知りたい方は『雑俳諧作法』を参照されたい。

⑧ひなぶり（へなぶり）

茶骨が楽しげに話してくれた句会風景のなかに出てきた雑俳種目は十指に余るが、その多くは当時の年間句集に記載されていない。盛り上った雰囲気の中で時に卑猥に堕ちてゆく雑俳は、記録して鑑賞する文芸とは別種の娯楽だったのかも知れない。その中から、志を持って記録に耐える文芸へ脱皮を図ったのが川柳であり、それに続く俚謡正調や狂俳であった。

新しい種目が生れると、その愛好者たちは懸命にその種目を磨きあげ、文芸の中での地位を高めようとして努力するが、このような努力はみな成功するとは限らない。からしを吟社で行われた雑俳のうちでも、高い志を持ってスタートしながら勢いが続かず、今はめったに登場する機会のない種目に「ひなぶり」がある。

ひなぶりは明治三十八年に読売新聞の田能村朴山人が提唱した「へなぶり歌」の流れを汲む狂歌

の一種で、文芸として堕落した狂歌の革新を目指すものであった。阪井久良岐の『へなづち集』が出版され、石川啄木が興味を示して一時話題になったが、それ以上の発展はなかった。洗練されてはいないが下品ではない素朴な「鄙ぶり」のユーモアをめざした新狂歌だったが、中央での注目度が下がるとともに勢いがなくなったらしい。その理由は、明治初期まで大流行した江戸狂歌の底力は、革新を唱えた人たちの目に映っていたよりはるかにしたたかで芯が太く、それを越えることは容易ではなかったこと。もう一つは旗印に革新を掲げながら一方で品位を気にするあまり、新狂歌には覇気が乏しく、窮屈で低調な作品しか生れなかったことなどがあげられるだろう。

江戸狂歌

- まがりても杓子はものをすくふなり直ぐなよふでも潰《つぶ》すすりこぎ（四方赤良《よものあから》）
- ほとときす自由自在にきく里は酒屋へ三里豆腐屋へ二里（頭 光《つむりのひかる》）
- 敷島のやまと心のなんとかのうろんな事を又さくら花（上田秋成）

ひなぶり

- こんにちはオヤいらっしゃい茶よ菓子よままごとの庭に桃の花散る（作者不明）
- 影法師かげを踏まれて鬼となる鬼となる子の泣きぼくろかな（〃）
- 奥様の乙にすましたよそ行きの声を乱した急停車かな（佐藤狂浪）

江戸狂歌の一首目、有名な「世の中に蚊ほどうるさきものはなし文武《ぶんぶ》といふて夜も寝られず」の一首と合せて、松平定信の寛政の改革の行き過ぎを皮肉った歌である。このときの四方赤良（本名太田南畝《なんぽ》・別号蜀山人《しょくさんじん》）は、幕府に仕える下級役人の身で、命がけで権威に反抗したのであった。二首目の頭光の歌は、後になると意味をすり替えられ批判的部分が切り落されて、ただ不便な山里の形容句として使われるようになってしまったが、本来は自分は便利な都会に住みながら、風流がって山里の良さを守れなどと声高に主張する人に対して「そこに住む覚悟があるのか」と問い詰めるきつい皮肉の一首だった。三首目の上田秋成の歌は言うまでもなく本居宣長の「敷島の大和ごころをひと問はば朝日に匂ふやまざくら花」という人口に膾炙した代表作に対する痛烈な皮肉である。秋成は宣長のすまし顔がよほど嫌いだったのか「僻事《ひがごと》をいふてなりとも弟子ほしや古事記伝兵衛と人はいふとも」などと手厳しい。このように覚悟を決めて時の権威と切り結ぶ江戸狂歌の気迫とくらべると、穏健でのどかなひなぶりの作風では、とても太刀打ちできなかったのであろうと想像される。

4　定型をもたないことば遊びのいろいろ

これまで述べてきたのは、ある形の定型を前提としてそれを複数の人間の付合い（掛合い）で完成させるゲームとしての雑俳だったが、このほかに定型を離れた散文、会話調を主軸とした掛合いや頓智、あるいは独立した美文の朗読などを楽しむ言葉遊びも、雑俳の種目の中に加えることがある。これは例えばなぞなぞ、回文、小咄など、雑俳の本筋である定型のやり取りの合間に、息抜きとして挟み込まれる娯楽番組的なもので、歴史的には雑俳が体裁を整える以前から、日本語にユーモアを添える技法として尊ばれて来たものである。後発の雑俳は、先行するすぐれた言葉遊びの技法を取入れながら、大衆の参加を拡大する方向を模索して来た。その中から主だったものをいくつか紹介してみたいが、その前にもう一度、俳諧史の中に雑俳が登場する過程を簡単に振り返ってみたい。

まず、自己完結型の和歌が持つ堅苦しさ、素人を拒絶するような雰囲気をやわらげようとして、複数の掛け合いによって一首の歌を作るゲームが生れた。それが連歌である。

その連歌も、文芸として認知されるにつれて、本家の和歌への対抗心から、質の向上をめざして自ら式目（規制）を定め、和歌以上の厳しい制約を加えながら、却って自縄自縛に陥ってゆく。

その後、連歌に滑稽味を加えて窮屈さを逃れようとした山崎宗鑑によって「俳諧の連歌」が推進されたが、やがてその脱線ぶりが目に余るようになり、節度を重んじる松永貞徳の「貞門俳諧」が登場する。しかしこれも、一時は支持を集めたものの穏健で微温的に過ぎて飽きられるのも早く、次の談林俳諧が台頭することになる。

西山宗因の「談林風俳諧」は、新奇、奇抜な趣向や滑稽な着想を自由に表現して特色があったが、ひとりよがりの傾向が強かったために、やがて世間から見放されて短命に終った。そこに登場したのが松尾芭蕉の「蕉風」である。

芭蕉はそれまでほとんど趣味道楽に過ぎなかった俳諧に、自分の全人格、全生活を打込むに足るものとしての位置づけを与え、自己を表現する器としての俳諧を確立する。そのことは、一方で趣味道楽の気安さのゆえに参加し、俳諧の底辺を支えてきた絶対多数の庶民愛好家たちを、俳諧の世界から締め出すことになる。だからこそ蕉風はその後も、そう易々とは俳諧の本流の座を獲得出来なかったし、窮屈になってゆく俳諧から離れた雑俳が独自の境地を築いてゆく原因もそこにあったと思われる。

見方を変えれば、庶民文芸として滑稽を目的として出発した俳諧が、芭蕉の文学意識によって一度屈折する。その時、創始期の心を守ろうとしたのが雑俳だったと言える。俳諧が文化人の手から次第に大衆の中に広がってゆく現象に対して、文学的反省をもって歯止をかけ、文芸の本道に立ち帰ろうとした芭蕉と、日常生活の中の肩の凝らない場で本音を吐露する手段の欲しかった庶民とは、ここではっきりと別れる。

芭蕉の登場から蕪村、一茶を経て正岡子規に至るまでの俳諧史の流れについては教科書に詳しいが、そこには芭蕉によって否定された雑俳のその後については何も語られない。そこに表れていない俳諧史の裏街道も見ておかないと、公平な俳諧史は語れないのではないかと私は思う。

俳諧史を後世の目で見た場合、俳諧に「人生」を探求し、純文芸としての存在感を確立した芭蕉の存在は飛び抜けて偉大で、芭蕉を語れば俳諧史のすべてを語り尽したような気分にさせられるが、それは彼の門流や後世の論者たちが、芭蕉への憧れを抱いて俳諧史を組み立てたからであって、江戸時代を通じての蕉風の位置づけは「少数異端のグループ」（富山奏〈芭蕉と伊賀・伊勢蕉門〉）とか「蕉門に至っては、貞門や談林派の間隙を縫って、あちらこちらにうごめいていた小さいグループにすぎなかった」（市橋鐸〈蕉風俳諧〉）などの評言が示すように、当時の民衆にとっては存在感の薄い小会派にすぎなかったという。

当時の一般大衆が求めたのは、人生の深みに参入する文学性ではなく、言い捨て、早い者勝ちの、言葉で楽しむゲームだったから、無教養な素人でも気楽に参加できる「ずぼら」さと品の悪さが必要だったのである。

以上のような流れの中で発展した雑俳は、基本となる三十一音と十七音を中心にいくつかの定型を設定し、それに至りつくまでの過程をめぐって、さまざまな工夫を凝らしながら優劣を競うゲームであった。出来上がりの形が決まっていて、出題と答が補完し合ってある雰囲気を醸し出す。集団の楽しみであり、その楽しみの中で仲間意識を生むところに雑俳の良さがあった。

前章までに述べてきた雑俳種目は、原則として「定型」を前提としていた。本章で紹介するのは、定型にこだわらず散文、会話調の表現の中でユーモアを追及する、より自由で開放的な娯楽種目である。

①なぞなぞ遊び

なぞなぞは古くからある言葉遊びの一種で、ある言葉の背後に別の意味を隠して置き、それを当てさせる遊戯である。日本語になぞなぞという名詞が使われるようになるのは平安時代からだが、謎歌とか謎物語という言葉はもっと古く、文学の発生や宗教の発生にもかかわる問題とされているから、順序としては雑俳のかけ合いなどよりずっと以前からある言語遊戯である。後発の雑俳は、古くから伝わる伝統的言語遊戯を遠慮なく取り込んで、したたかに自らを太らせる工夫を積み重ねて来たのである。

なぞなぞの語源が「何ぞ?」という問いかけの言葉にあることはよく知られていて、謎をかけたり解いたりして遊ぶ「なぞなぞ物語」や、それを歌合せの形で戦わせる「なぞなぞ合せ」という遊びのことは『枕草子』や『徒然草』にも登場してよく知られている。

近年の民俗学者が採集した各地の習俗を見ると、なぞなぞ遊びの手合せの初めに交す儀礼的な言葉の応酬、たとえば「なぞなぞなあに。菜っ切り包丁 薙刀《なぎなた》」などという挑発に始まり、それを受けて立つ言葉。名答が出たときの褒め言葉。解けないで返上する時の敗北宣言の言葉や、それをあざ笑う笑い方にまで一定のルールがあり、そのやり方は日本列島の北から南まで驚くほど共通していることも興味深い。

謎には単に問いに対して答えるだけの二段謎と「何々とかけて何と解く。その心は……」というように、少し屈折した問答形式の三段謎がある。たとえば

二段謎

・通る時は閉まって通らない時に開くもの何?（答は踏切）

・一日に二回あるのに一年には一回しかないもの何?（答は「ち」）

三段謎

・お坊さんとかけて新聞と解く・その心は……今朝来て今日読む（袈裟着て経読む）

・尼さんにかんざしとかけて一人で飲む酒と解く・その心は……さすところがない
・雨音とかけて消費税値上げと解く……その心は・トタン（途端）に響く

現在では、前者は主に子供の遊びに受継がれているし、後者は大人向きの寄席や放送の娯楽番組で行われることが多い。鈴木棠三編『言葉遊び辞典』には江戸時代の言葉遊びからとった膨大な例題が紹介されているが、最近ではインターネットの投稿欄などでも豊富な例題を探すことが出来る。ただ、なぞなぞ遊びは創作作品を戦わせるというより、あらかじめ学習した知識を、機に臨んで取り出して見せるという性格の芸だったから、新しい作品が次々に生み出されるような環境にはないために、ほとんどが古い例題の紹介に終っていて、紹介記事が多い割に新鮮味に欠けるところがある。

②とんち相撲

「笑点」の大喜利によく登場する「とんち相撲」は、任意に取り出した二つのものに相撲を取らせ、相撲の技っぽい決まり手で勝負をつける遊びである。作品の優劣を競うというより、取組を決めるのも決まり手を判断して勝敗を宣言するのも同一人物で、それぞれ自分がそう判断した頓智やアイデアを自慢し合う知恵自慢会の感がある。前句付などの真剣勝負で頭を使った後の気分転換には恰好の遊びで、細川茶骨の思い出話の中でも時々話題に上り、その話をする時の茶骨はいかにも楽しそうだった。しかし残念なことに、当時の私はそのことにまったく興味がなく、彼が披露してくれた作品を書きとめることもしなかったから、例題に示す手持ちがない。最近放映された「笑点」やインターネットの投稿欄から、若干の例題を拾って紹介しておきたい。

- 卒業生には在校生……送り出して在校生の勝ち
- 東京ドームと国技館……球場（休場）で国技館の不戦勝
- クリスマスとお正月……ツリー出し（吊出し）てクリスマスの勝ち
- トコロテンとアンミツ……突き出してトコロテンの勝ち
- チョキとパー……五対二でパーの勝ち
- いぼ痔に切れ痔……痛み分け

こんな調子で、前もって準備したアイデアを披露するのだから、その場の即興で勝負する前句付などと比べると、作者のプレッシャーも少なく、肩の凝らない遊びとしては手ごろで、楽しむ機会も多かったと思われる。

③無理問答

とんち相撲とよく似た「こじつけ」の面白さを楽しむ遊びに「無理問答」がある。これは頓智問答、滑稽問答など種々の呼称を持つ問答形式の言葉遊びで、奇抜な難問に対して簡潔巧妙に受け返す。もともと問いかける方が無理を承知の難問を仕掛けるのだから、答える側も正面からは答えず、

外したりいなしたりして意表を衝いて答えるのである。寄席では二人の問答形式で、次のような掛け合いで始まる

質問者・ここに、一不審な、あり奉る。そもさん！
回答者・説破《せっぱ》！

「そもさん」とは疑問の意を表す言葉で「いかが？」とか「さあ、どうじや！」というほどの、挑発を含んだ言葉で挑戦の宣言。「説破」は論破で、相手を言い負かすことだから、どこからでもかかって来いと受けて立つ宣言である。それに続く問答は

問・一羽でも二羽鳥（鶏）とはこれ如何に
……答・一羽でも千鳥と言うがごとし
問・山があるのに山梨（山無し）県とはこれ如何に
……答・島があるのに島根（島ねえ）県と言うがごとし
問・そこに居るのに居ぬ（犬）とはこれ如何に
……答・近寄って来ても去る（猿）と言うがごとし

懸賞募集や、前もって句箋に書いて投句する句会などでは「これ如何に」と「が如し」は省いて

もよいことになっている。

問・高くてもアンカ（安価）……答・値引きしないのにヒーター（引いた）

問・下にあっても植（上）木鉢……答・上にあっても花壇（下段）

こういう他愛ない問答遊びは、私の幼い頃の子供たちの間でも盛んに行われていたので、茶骨が「話の泉ごっこ」という言い方でこの話を始めたとき「大人たちまでこんな遊びをしていたのか」と、意外に思ったことを記憶している。

ここにあげたような例は、茶骨の話の中だけではなく、当時人気の高かったＮＨＫの「話の泉」でも、授業の合間の子供の遊びの中でも、似たような内容の話が面白がられていたことが記憶に残っている。そして不思議なことに、現在目の前で行われている大喜利やインターネットの投稿欄を探しても、あまり進歩した跡がなく、相変らず古い例題を繰り返している。現代人にはこういう古典的な遊びへの関心が薄れ、新しいネタを考える気力がなくなったのかも知れない。そう考えると少し淋しい気がする。

無理問答にはルールとして「問と答は必ず同じ種類の例えを使う」という約束がある。つまり、鳥に関する問いに対しては必ず鳥の例えで返答し、花にたとえた問なら花にたとえて答えるのである。たとえば「一つでも饅頭」に対して「一枚でもせんべい」なら同じ食べ物の例えだからよいが「一羽でも千鳥」では失格となる。

④洒落《しゃれ》と地口《じぐち》

一般的に「お洒落《しゃれ》」といえば、気のきいた服装や身のこなしで垢抜けした人のことをいうが、文学上の「洒落」というのは、その場に興を添えるために言う気のきいた文句、同じ音や似た音を利用して、一つの表現の中に二つの意味をこめて使ったりすることを言う。地口とか警句というのも同類だと辞書にはある。鈴木棠三の『日本語のしゃれ』によれば、日本語には音節の数が少ないので、音節を組合せるパターンが限られ、「同じ音」「似た音」が生れやすく、したがって日本語では洒落や駄洒落が生れやすいのだという。

地口というのは、世間によく知られた成語（古くからある諺や決り文句など）に語呂を合せ、よく似た発音の文句を作ることで、辞典では洒落と同類に扱われているが、「地口付」という種目が成立したこともあって、雑俳としては洒落を超える存在感がある。

- 鶴は千年亀は万年……露は天然雨は万遍
- ア・ハッピイニュー・イヤー……オチャッピイ　注意しや
- 新年のお祝い申し上げます……禁煙のお誓い申し上げます
- 死なざ止むまい三味線枕……田舎ざむらい茶店にあぐら

というように言い換えて楽しむ遊びである。もともと「口合《くちあい》」と呼ばれ、関西で行われていたものが江戸でも流行し、「江戸地方の口合」という意味で地口と呼ばれるようになったと聞くが、諸説あって真偽のほどは定めがたい。地口の場合は、その元になる文句（成語）を選者が決めて出題するのではなく、出題も答もすべて作者が決める。独断と偏見の中にユーモアを見出す遊戯であるが、時には「歌舞伎の台詞から」とか「芭蕉の俳句から」などという縛りをかけることもある。

地口がからしを吟社の句会で行われたかどうか、茶骨の話の中に出てきた記憶はないが、これまで紹介してきた雑俳種目の中の一つであり、江戸から明治にかけて大流行した実績も持つ種目なので、鈴木棠三や佐藤紫蘭の著作を参考にして紹介した。

⑤語呂合せ《ごろあわ》

語呂合わせは地口の一種と考えられ、出題された言葉の語尾の母音を合せて、一連の文章を作る。この「母音を合せて」というところに特色がある。地口が語句全体として成句の語勢に通じ合っていればよしとするのに対して、語呂合わせでは句の語呂、すなわち語の母音を一字も違わず合せなければならないという厳しさがある。

出題・馬鹿の一つ覚え……ばァかァのォひィとォつゥおォぼォえェ
応答・坂を一つ登れ……さァかァをォひィとォつゥのォぼォれェ

この例題では出題された言葉とそれに応える言葉の間に意味のつながりがなく、ただ母音が合っているだけである。佐藤狂浪によると、からしを吟社ではこの二つの文章は意味もつながっていな

ければならない。たとえば

出題・石山寺の秋の月……いィしィやァまァでェらァのォあァきィのォつゥきィ

応答・三井から瀬田の橋も過ぎ……みィいィかァらァせェたァのォはァしィもォすゥぎィ

この場合、母音の対応はもちろんのこと、三井寺（園城寺）から瀬田の唐橋を経て石山寺の月を見るまでが、一続きの情景として描写されることが必要で、縛りはさらに厳しくなる。このように地域によって付属する条件に多少の違いはあるようだが、語呂合せで動かせない基本は、問題と付句の文章の母音の段を正確に合せることである。一音でも違えば地口であって、語呂合せではなくなってしまうからである。

⑥回《かい》　文《ぶん》

回文は「かいぶん」とも「かいもん」とも言い、上から読んでも下から読んでも同字同文となる文字列のことである。子供の頃この言葉遊びに夢中になった経験を持っている人は多いと思う。私の子供の頃に人気のあったのは「竹屋が焼けた」「留守に何する」「ダンスが済んだ」のような短く単純なものばかりだったが、それでもたとえば「長き夜の遠の眠りのみな目覚め波乗り船の音のよきかな」という、初夢を見る夜の枕の下に忍ばせるまじない歌などは、意味も分らないままに記憶していたものである。

回文を作るにはいくつかのルールがあるが、それは禁じ手と言うより「この程度は大目に見よう」という許容範囲を決めたもののようである。そのルールとは

イ、清音と濁音は同じとみなす（清濁の区別は無視する）

……「白鳥《しらとり》捕らじ」「いかにも苦い」など、頭から読むときは清音、尻から読むときは濁音でも可とする

ロ、仮名遣いの間違いは咎めない（耳で聞いて同じならよい）

……オとヲ、ムとン、ズとヅ、ジとヂ、エとヱは同じとみなす。したがって家（ィヘ）の逆さまは「エイ」でも「ヘイ」でもよく、「手引き」の逆を「聞いて」としてもかまわない

ここまで妥協してしまっては興ざめのような気にもなるが、江戸時代までの日本語文法はかなり未熟、整理不足なところがあり、濁音半濁音の表記法やハ行、ヤ行、ワ行の使い分けなどもあいまいだったためと思われる。

回文の遊びが特に盛んになったのは、松永貞徳を中心とする貞門俳諧が栄えた頃からという。和歌の回文は古くから行われていて、事例も多く残ってはいるが難解で不自然な印象が強い。和歌では下句七・七の処理が難しく、無理なこじつけが多くなって、面白味に欠けるからであろう。五・七・五だけで成り立つ発句形式は、五音の回文を前後においてその間に七音の回文を挟めば出来上るのだから、作り易さと気軽さの点では発句形式の方が勝っていた。鈴木棠三の『ことば遊び』から、和歌と発句の例を引く

・むらくさにくさのなはもしそなはらばなぞしもはなのさくにさくらむ（小論尼）
・をしめどもついにいつもとゆくはるはくゆともついにいつもとめしを（〃）
・目をとめよ梅かながめむ夜目遠目（崑山集）
・やけ竹やとんどやとんどやけ竹や（ゆめみ草）

明暦年間（一六五五年頃）には『毛吹草』とか『せわ焼き草』など、回文作り虎の巻と言うべき書物が何冊か出ているというから、そういう本が商売になるほど作る人が多かったのであろう。私はその本を見ていないので、鈴木棠三の『ことば遊び辞典』からの孫引きで紹介すると、まず回文に使える語例を列挙した欄があり

二音の事例……父、母、耳、桃、鈴、獅子、木々……

三音の事例……夫婦、白し、春日、子ねこ、宇宙、幽か……

五音の事例……神のみか、消ゆる雪、筒井筒、伸び伸びの……

七音の事例……草花は咲く、鳥と小鳥と、聞くにぞ憎き、竹屋が焼けた……

こんな調子で多くの用例が紹介されているが、この中にすでに「竹屋が焼けた」のような、今も子供たちの間で人気のある事例が出てくるところが面白い。

ほかに、回文俳諧で五文字の句が上五に置かれた場合と下五に置かれた場合で意味が変る例として、なか清き……清きかな、照りて来つ……月照りて、田は月か……かきつばた、村雨や……やめざらん、等々

七文字（中七）を逆さ読みするときの意味の変化では、見ゆるはしばし……しばし張る弓、よみ来つる数……すがる月見よ、友の来つるは……春月のもと、等々

同じ七文字でも、逆さ読みした時に発音も意味も変らない例としては、草花は咲く、竹の根除《の》けた、刈萱刈るか、形見を見たか、雪とくと消ゆ、西に真西に、山の木の間や、功徳福徳などが列挙してあり、このような事例をうまく組み合せ並べ替えればなんとかなるという、助け舟まで用意して素人の参加を呼びかけたのである。

先日のラジオ深夜便に、回文作家徳永未来という人が登場していた。今時回文作家という肩書が通用していることを知って驚いたが、彼女には『君が泣く時　徳永未来』という、題名そのものが回文になっている処女作をはじめとして、阪神大震災に取材した『関西讃歌』、古典に取材した『回文源氏物語』『回文平家物語』と、すでに数冊の回文の著作があり、現在は『回文戦国物語』を執筆中という。寝床で聞いていたので作品は少ししか書き留められなかったが、たとえば『平家物語』の今井兼平の最後を叙した段では、

・まさかな死よ　寄ることすら出来ぬ　おれた茶毘の地　木曽殿　今井喉裂き　血の直垂《ひたたれ》を脱ぎてラストコールよ　義仲様

などとあって、遊び半分とは思えない重いテーマを持って大作と取り組んでいることが分る。ネッ

トで調べてみると、驚いたことに「回文」で検索しただけで十指に余る見出しが並び、それぞれが回文の定義、ルール、作り方のコツなどを解説した上で「回文の第一人者」「回文の名手」「言葉遊び作家」「回文師」などの肩書を添えて、自薦他薦の作家名や作品が紹介されており「日本回文協会」という組織まで存在するという。また、最近出た小椋佳の「闌《たけなわ》」というアルバムには「まさかさかさまの歌」という、百近い逆さま言葉をつらねたユーモアあふれる作品が収録されて話題になっていると聞いた。そんな話を総合すると、この種の言葉遊びは意外に根強い人気を保っていて、今日でもある階層の人々の楽しみの中に生き続けていることがわかる。

雑俳興行の中での回文の位置づけは、先に述べたなぞなぞやとんち相撲と同列の「雑俳の幕間に楽しむ息抜き」の余興に過ぎず、即興の技を競いあう付合とは性格を異にするが、こうした息抜きも含めて、娯楽の少ない時代の生活を豊かにする楽しみの一つだったのであろう。

⑦早口言葉《はやくちことば》

回文と同じように、句会の幕間に楽しむ娯楽性を持った遊びの一つに「早口言葉」がある。

早口言葉は、簡単に説明すれば「言いにくい言葉を通常より早くしゃべり、うまく言う特技を競い合う言葉遊び」のことで、これには

イ、舌もじり……発音が混線し、舌がもつれそうで言いにくい語句をよどみなく述べ立てる遊び

ロ、早物語……口調のよい語句の連結した文章を、息もつかず早口に言う遊び

という二つの系統がある。前者は、例えば「生麦生米生卵」や「東京特許許可局」をはじめ、主に

子供の遊びの中で人気がある。舌の動き具合を試すのだから、文章としては筋が通らなくてもよく、短いものが多い。私のメモの中にあるものの中では「うちの茶釜はからかね空茶釜隣の茶釜もからかね空茶釜向うの茶釜もからかね空茶釜三つ合せて三からかね三空茶釜」などは長い方である。

後者は、たとえば「信州信濃の新兵衛さんの尻にシラミが四匹しがみついて死んどった」のように、舌がもつれることもなくリズミカルに早口で言える言葉を、さらに早く流暢にこころよい印象を与えて言い切れるかを競う。競うというより自慢し合う遊びである。

歌舞伎の名せりふ、外郎売の口上、助六の啖呵、蝦蟇の油売りのせりふ、落語の寿限無など、台詞の中の物語性やリズム、声の張りなどを楽しむ大人の芸で、大人たちのかくし芸の領域で人気があった。カラオケが生れて、こうした楽しみ方は一度に影をひそめてしまったが、団十郎の声色に命をかけた人の話や、外郎売の口上の長さに辟易した話など、茶骨が話してくれる句会風景には、文芸などという気取りをこえた、人と人との息遣いが聞こえる楽しさがあった。その一例として、比較的分りやすくて楽しい「がまの油売り」の口上文の一部を紹介する。

・サアーサアーお立会い、御用とお急ぎでない方はゆっくりと聞いておいで。遠目、山越し、笠のうち、聞かざる時は物の出方、善悪黒白《ぜんあくあいろ》がとんと判らない。
山寺の鐘がゴーンゴーンと鳴るといえども、法師きたって鐘に撞木をあたえなければ、鐘が鳴るのか、撞木が鳴るのか、とんとその音色が判らない。

サテ　お立会い。手前ここに取り出だしたる陣中膏《じんちゅうこう》は、これ「がまの油」　がまと言ったってそこにもいる、ここにもいると言うしろものとは物が違う。

ハハァーン、がまかい　がまなら俺んとこの縁の下や流しの下にゾロゾロいるよと言うお方があるかも知れないが、あれはがまとは言わない、ただのヒキガエル・イボガエル。何の薬石効能もないよ　お立会い。

サテ　お立会い。手前のはこれ「四六《しろく》のがま」四六五六はどこで見分ける。前足の指が四本で後ろ足の指が六本、これを名づけて　ヒキ面相は「四六のがま」だ。

サァーテお立会い。このがま何処に住むかというと、ご当地よりはるか北、北は常陸の国筑波の郡《こおり》、古事記や万葉のいにしえより関東の名山として歌われておりまする筑波山の麓、おんばこという露草・薬草を喰らって育ちます。

サァーテ　お立会い。このがまからこの油を取るには、山中深く分け入って捕らえ来ましたるこのがまをば、四面鏡張りの箱の中にがまを放り込む。サアー　がんま先生、己のみにくい姿が四方の鏡に映るからたまらない。

ハハァー　俺は何とみにくい奴なんだろうと、おのれのみにくい姿を見て、びっくり仰天、巨体より脂汗をばタラーリ・タラリと流す。これを下の金網、鉄板に漉き取りまして、柳の小枝をもって　三七は二十一日の間、トローリ　トローリと煮たきしめ、赤い辰砂《しんしゃ》にヤシ油、テレメンテーナ、マンティカ、かかる油をば、ぐっと混ぜ合わせてこしらえたのが、お立会い、これ陣中膏はがまの油だ。

………………

まだ半分以上残っていて、これからユーモアたっぷりな薬効の宣伝、有名な「一枚が二枚、二枚が四枚……」の紙切実演があり、その切れ味のよい天下の名刀に油をひと塗りすればたちまち切れ味が止まり、拭き取れば元の切れ味が戻る。演者が調子に乗りすぎて自分の身に傷をつけてしまっても、油のひと塗りでたちまち出血が止まるというパフォーマンスがある。その後でいよいよ値段を告げて販売に移る。

販売はほんの数分間の瞬発芸で、うっとりと見とれていた観客がまだ酔いから覚めないうちに、一気に売りつけ、さっと引き上げる。観客にしても、油の効能を信じてはいないし、手品のからくりを見破ってやるという感覚で目を凝らしているのだが、見ているうちにだんだんとその熱演ぶりに引込まれて、木戸銭を払うような気持でがまの油を買ったのだと思う。私の子供の頃、春と秋の祭りにがまの油売りが来るのが楽しみだったが、その頃はどこの家にも、戸棚の隅には封を切らない貝殻入りのがまの油がころがっていた。使う気のないものをお義理で買ってくれる観客がいなくなれば、がまの油売りは商売としては成り立たなくなる。それを懐かしむ人たちが宴会の余興などに取あげ、雑俳の席などでも、幕間の余興として生き残ったのだと考えられる。

⑧天狗俳諧《てんぐはいかい》と無駄口付《むだぐちづけ》

小倉百人一首の上の句と下の句を別々のカードに記入し、上句は男性に下句は女性に引かせて座席を決める。むかしの学生はコンパの席決めにもこんなやり方をして楽しんだものだった。これと同じ発想の楽しみ方が、江戸時代の雑俳の席でも行われていたらしい。「天狗俳諧」という遊びがそれである。

まず、参加者全員で一句づつ川柳を作る。それを上五・中七・下五の三枚のカードに書き分け、それぞれの単位でシャッフルした上で、上、中、下の順に読み上げる。参加人数が多いほど同じ人の句が続く確率は少なく、思いがけない秀句や意味をなさないとんちんかんな句が現れて、一同腹を抱えて大笑いする。これなど、現代でも歌会や句会の後の余興に取上げたら結構楽しいだろうと思う。

もう一つ、無駄口付というのも面白い。たとえば、ライバルに一本取られて「参った」とか「恐れ入った」と言うべきところを「恐れ入谷の鬼子母神」と茶化すことによって辛うじて意地を通す。「恐れ入った」と「入谷」を掛詞にして、入谷で有名な鬼子母神を出し、結論をあいまいにするのである。

「勝手にしろ!」と開き直れば角が立つが「勝手白足袋」と掛詞で応じれば雰囲気は少し違ってくる。「あいつの指図だけは受けたくない」と思う相手にどうしても従わなければならなくなったとき、あからさまに不快な態度を示すよりは「あんたがタイショウ漢方薬」と一歩引いておどけて見せる方が大人の態度というものだ。同様に

- ごめんな財布に銭がない
- あたり前歯は総入れ歯
- 暑さ寒さもひがんじゃ駄目よ
- そうは筏の川下り
- 見上げたもんだよ屋根屋のふんどし

むかし、ステテコ姿のおじさんたちの縁台将棋には、いつもこういう言葉が飛び交っていて活気があった。子供の私は将棋のルールは知らなかったが、言葉のやり取りが楽しくて縁台将棋に見とれていた記憶がある。そんなやりとりの中から拾ってみると

- 有難山の寒烏（相手の失敗を喜ぶ）・着た〈来た〉か越後の紺絣（おいでなすったか）
- 驚き桃の木山椒の木（驚いたなぁ）・敵もさるもの引っ掻くもの（なかなかやるな）・そうとは白髭大明神（そう来るとは知らなかった）・仕方中橋神田橋（そう来られては仕方がない）・その手は桑名の焼き蛤（そうは行かないよ）・だんだんよくなる〈鳴る〉法華の太鼓（調子が出て来たぞ）・何にも梨の木さるすべり（手に駒が一枚もない）・歩ばかり山のホトトギス（持ち駒は歩だけ）・どうな

と信濃の善光寺（どうにでもしろ）……

こうした言葉の掛け合いが雰囲気をやわらげ、逆上する回数も減って楽しみが増すことになるのだろう。

⑨雑俳《ざっぱい》小咄《こばなし》から落語《らくご》へ

入門して掃除洗濯などの基礎修行を終えた噺家の卵が、最初に取組むのが小咄だと聞いていたが、もともとこの小咄は雑俳を舞台にして成長し、そこから独立したのが落語だと聞いて驚いた。咄嗟に「異論は出ないだろうか」と思って聞いてみると、確かに異論もあるという。こういう本家争いのような話になると、どこまで遡って誰を先祖とするかが大問題だが、そんな議論に深入りする知識は持たないから、ここは避けて通ることにする。

小咄もまた雑俳の席で楽しむ娯楽種目の一つだった。できるだけ短い話の中に「落ち」をつけるのが小咄で「匂うか?……ヘッ!」「痛むか?……ハッ!」「鳩が何か落して行ったぞ……フン!」という類の、今でも頻繁に使われる初歩の笑い種である。今ではもうこの程度のネタで笑いを取ることは出来ないから、若手の落語家が這い上がるための苦労も並大抵ではないのだろうと思う。

笑いを生命とする雑俳は鮮度が大事で、その鮮度を保つために次々と新しい種目を考案し、ネタを入替える。音《おん》を組み替えるだけの工夫では足りなくなると、定型を棄ててなぞなぞ、無理問答、語呂合せなどと、限りなく散文の世界に近づいて行く。小咄などはその行き着いた姿と言えるものだが、こういう動きの中から独立した話だけを集め、話術として客に訴える新しいジャンルが生れ落語となったと考えると、雑俳ファンとしては楽しい。

雑俳の土壌に育ちながら成長して、独自の存在感を示すようになった川柳や都々逸、狂歌などは、それぞれに連を組んで独自の活動を展開するが、これらは大枠として雑俳の一種目であり、雑俳と決別することはなかった。しかし落語は話芸として、文芸とはまったく別の世界を拓いて、別の道を辿ることになったのであろう。

5　言い残したこと（あとがきにかえて）

●ここまで、からしを吟社で行われている文芸を中心に「雑俳」と呼ばれる文芸について、知るかぎりのことを述べてきた。吟社の句会に登場する文芸ジャンルの中には、もちろん短歌も俳句も川柳も含まれるが、それらについてはここでは触れなかった。からしを吟社の句会の中で「重きをなす」という点から見れば、短歌と俳句はやはり東西の両横綱で、年間句集「からしを」でも常に巻頭には短歌が来て、それに俳句が続く。川柳や狂俳、俚謡正調などは、実際には句集の魅力の中心であり活気を生む原点の役目を果していながら、傍流で三枚目の位置に甘んじているように見える。しかし、村人たちの暮しと文芸との関わり合いは、むしろその傍流の部分において濃密で、生活者のエネルギーが凝縮されていて力強い。

●「からしを」を読んで感じることは、ここでは「文学」の建前を背負う立場の短歌や俳句と、生活者の本音にこだわる雑俳の組合せと対比の妙によって、「文芸」というトータルの魅力が生み出されているということである。そこでは常に本音が建前を先導している。この山村における文芸の在りようは、何か日本文学の中の短歌や俳句の位置づけを象徴しているように私には思える。

●短歌の歴史を、少し注意深く見つめた人なら誰でも、日本文学史の本流に位置していたはずの短歌が、社会文化や風俗の時間的な流れに対しては、常に後ろ向きの姿勢を取り続けて来たことの不思議を感じ取っているに違いない。社会の変化に対して敏感に反応し、積極的に生活に先行する気概を見せていたのは、文学史的にはむしろ傍流を低迷していたところの説話や川柳、雑俳など、いわゆる「烏滸《おこ》の文学」であった。

●からしを吟社に見られるように、かつて日本の各地には、農耕や山仕事などを柱として、生活実感と宗教的雰囲気を共有する「生活共同体」が存在し、趣を異にしながらもそれぞれの形の「寄り合い文芸」を持っていた。そしてその寄り合い文芸は、個々のジャンルの役割分担によって、トータルとして人々の心に訴えかける役割を果していたものと思われる。そこには

・生活に先がけて独走する部分
・空想の世界に遊ぶ部分
・高らかに志を述べる部分

・身の不運を嘆き世を恨む部分
・過去を懐かしみ悲憤慷慨する部分
・つつましく身の幸せを歌う部分

等々のさまざまな局面があり、それぞれが己の道を行くことによって、結果としてそれぞれの役割を分担し、自らの存在を主張することができたのである。それがある時代までの庶民文芸の特色だったと思われる。

●ここから独立した特定のジャンルが抜け出して自己を主張し、寄り合い文芸の果たしてきたトータルの機能を単独で果そうとし始めたのは明治以降、自然主義文学の影響によるものであろう。それまでは、からしを吟社のような地域グループはそれほど特異なものではなく、近い時代まで日本の各地に存在したのではないかと思われる。

●芭蕉は前句付を三流として、門下にその興行を禁じた。とは言え、芭蕉が否定したのは雑俳の持つ低俗性、卑猥性、特に賭博性であって付け合いそのものではなかった。芭蕉が俳諧を共同制作の文学としてとらえ、その制作の場としての「座」を如何に重要視していたかは『去来抄』や『三冊子』に残る芭蕉の言動からも明らかである。俳諧を成立させるものは座であり、座の雰囲気を守るためには、句の秀拙さえも犠牲にすべき場合があると説き、志の違う者とは同席しないと言い切ったのは芭蕉だった。確かに芭蕉によって俳諧は変ったが、俳諧から発句だけを抜き出して独立させたのは、芭蕉ではなくて子規である。それまでは俳諧も雑俳も、共同制作の文芸である点では共通していたのである。

●からしを吟社の文芸の特徴は、一言で言えば「雰囲気の文芸」ということが出来よう。雰囲気とは、その「座」を構成するメンバーの生活に裏打ちされ、時には信仰に支えられた連帯感が醸し出すムードである。句会が持たれるのは、春秋の祭礼をはじめとして正月、初午、さなぶりなど、多くは農にかかわる神祭りの日であった。

●農村の生活は一般的には「ゆい」などに象徴されるような、きわめて強い連帯意識を持った共同体という面が強調される。そういう面も勿論あるが、日常的には野良仕事も山仕事も共同でやることは少ない。ひっそりと自分の領域を守って、鍬を振い斧を打ち込む、きわめて孤独な毎日を送っている。家族と離れて何カ月も山に寝起きする人たちもいる。そんな彼らが久しぶりに顔を合せる句会の席は、なつかしさと解放感と連帯感にあふれた、一種独特の雰囲気を醸し出すに違いない。勤勉な彼らにとって何よりも幸せなことは、その日が神の名において仕事を禁じられた日であることだった。神が休めという日に働くことは神を冒瀆することである。彼らはこの日ばかりは仕事を忘れて、心からこの場の雰囲気に浸ることができる。

●ここでは、使われる言葉の一つ一つが生活の実感を伴って共有されていた。語らいの中に登場する神の名も、獣や鳥や植物や妖怪さえも、連衆の一人一人と同じような関わりを持っているから、言葉を解説する必要もない。雑排が生れるのはこのような雰囲気の席である。その場の盛り上った雰囲気と、耳に響いてたちまち消えてゆくという状況の中でそれはやり取りされる。このような雰囲気の中で、雰囲気と共に味わう文芸が雑俳である。

●雰囲気の文芸は活字に馴染まない。一座の盛り上がりの中で傑作と思われた作品は、文字に書きとめられた途端に意味のない残骸と化してしまう。座に連なる者の呼吸が作品を生かし、連衆の息づかいが血を通わせているからである。特に余興的な要素の強い種目の作品が記録に残らないのはそのためであって、単なる怠慢でもなければ、品が悪すぎて記録に耐えられなかったばかりでもないだろうと思う。即吟会の座を賑わせ、消える余韻とともに味わった情緒は、追いかけて文字にしてみても失望を増すばかりだということを、彼らは経験則として知っているからである。

●雑俳にはいろいろな種目がある。そのほとんどが世間的には忘れられた存在で、何故呼び名が違うのか理解に苦しむほど似たり寄ったりで、今ではよほど熱心な愛好者の間でだけ、ほそぼそと続けられている。本書では、句会やラジオ文芸、寄席の大喜利などで今も行われているものを中心にして紹介したが、今は行われなくても昭和の初期頃までは盛んに行われていたものは、近い時代の先輩たちが親しんだことを思うと捨てがたく、追加して「からしを吟社」の過去の事例をもとにして紹介した。

●この文章の中で、私は郷里の岐阜県加子母村（現中津川市）で今も続いている「からしを吟社」というグループの活動を通して、庶民の楽しみの中に生きている雑俳の心をとらえようとしたのだが、実際にはそれは、今は故人となった佐藤狂浪や細川茶骨の現役時代、つまり昭和も半ばごろまでの山村の姿であって、現在の姿とはかなり違うだろうと思う。カラオケもなく、携帯電話もインターネットもなく、テレビさえも珍しかった時代の人々の楽しみが、現代を生きる人々にどこまで理解できるか。そのことを思うと、会の名前を引き継いでいるとは言え、現在のからしを吟社は茶骨の頃の吟社とは大きく違うだろう。かつては半日かけて歩いた舞台峠を、トンネルが出来た今は五分で通過するし、スマートフォンは加子母と東京の距離感をさえ無くしてしまった。

●そのことは十分理解しつつ、私はここでは現在のからしを吟社の活動を調査するより、茶骨から聞いた思い出話の中の吟社の姿を優先して書き、それを裏付けたり補う場合には専門家の著作の中から江戸時代の雑俳のモデルを探した。雑俳という素朴な言葉遊びを通して、日本語の優しさや豊かさを感じとり、一語一語の繊細な響き合いの中にユーモアを生み出す、このすぐれた心の遊びを理解することは、日本語を正しく理解することであり、心を通わせる手段として何よりも言葉を大事にした親たちへの理解を深めることだと思うからである。このささやかな文章から、日本語の楽しさに目覚めてくれる人が一人でも出てくれたら幸せだと思う。

砂子屋書房 刊行書籍一覧（歌集・歌書）

平成27年1月現在

＊御入用の書籍がございましたら、直接弊社あてにお申し込みください。
代金後払い、送料当社負担にて発送いたします。

	著者名	書名	本体
1	青井　史	『**青井　史 歌集**』現代短歌文庫51	1,500
2	阿木津　英	『**阿木津　英 歌集**』現代短歌文庫5	1,500
3	阿木津　英 歌集	『**黄　鳥**』	3,000
4	秋山佐和子	『**秋山佐和子歌集**』現代短歌文庫49	1,500
5	秋山佐和子歌集	『**星　辰**』	3,000
6	雨宮雅子	『**雨宮雅子歌集**』現代短歌文庫12	1,600
7	有沢　螢 歌集	『**ありすの杜へ**』	3,000
8	池田はるみ	『**池田はるみ歌集**』現代短歌文庫115	1,800
9	池本一郎	『**池本一郎歌集**』現代短歌文庫83	1,800
10	池本一郎歌集	『**萱鳴り**』	3,000
11	石田比呂志	『続 **石田比呂志歌集**』現代短歌文庫71	2,000
12	石田比呂志歌集	『**邯鄲線**』	3,000
13	石田比呂志 著	『**長酣居雑録**』	3,500
14	伊藤一彦	『**伊藤一彦歌集**』現代短歌文庫6	1,500
15	伊藤一彦	『続 **伊藤一彦歌集**』現代短歌文庫36	2,000
16	今井恵子	『**今井恵子歌集**』現代短歌文庫67	1,800
17	上野久雄	『**上野久雄歌集**』現代短歌文庫45	1,500

18	上野久雄歌集	**『雪の甲斐駒』**	4,000
19	上村典子	**『上村典子歌集』** 現代短歌文庫98	1,700
20	魚村晋太郎歌集	**『花　柄』**	3,000
21	江戸　雪 歌集	**『駒　鳥（ロビン）』**	3,000
22	王　紅花	**『王　紅花歌集』** 現代短歌文庫117	1,500
23	大下一真歌集	**『月　食』** ＊若山牧水賞	3,000
24	大島史洋	**『大島史洋歌集』** 現代短歌文庫11	1,262
25	大辻隆弘	**『大辻隆弘歌集』** 現代短歌文庫48	1,500
26	大辻隆弘歌集	**『汀暮抄』**	2,800
27	大野道夫	**『大野道夫歌集』** 現代短歌文庫114	1,600
28	岡井　隆	**『岡井　隆 歌集』** 現代短歌文庫18	1,456
29	岡井　隆 歌集	**『馴鹿時代今か来向かふ』（普及版）** ＊読売文学賞	3,000
30	岡井　隆 歌集	**『家常茶飯』**	3,500
31	岡井　隆 歌集	**『銀色の馬の鬣』**	3,000
32	岡井　隆 著	**『新輯 けさのことば Ⅰ・Ⅱ・Ⅲ・Ⅳ』**	各3,500
33	岡井　隆 著	**『新輯 けさのことば Ⅴ』**	2,000
34	岡井　隆 著	**『今から読む斎藤茂吉』**	2,700
35	沖　ななも	**『沖ななも歌集』** 現代短歌文庫34	1,500
36	奥村晃作	**『奥村晃作歌集』** 現代短歌文庫54	1,600
37	小黒世茂	**『小黒世茂歌集』** 現代短歌文庫106	1,600
38	尾崎左永子	**『尾崎左永子歌集』** 現代短歌文庫60	1,600
39	尾崎左永子	**『続 尾崎左永子歌集』** 現代短歌文庫61	2,000
40	尾崎左永子歌集	**『青孔雀』**	3,000

短歌と俳句——似て非なる同根の伴奏者

一、素材が定型を選ぶ

もう二十年も前のことになる。私の勤務していた会社の婦人グループに誘われて、木曽路への日帰り旅行に同行することになった。往路のバスの中で一時間ほど、木曽路の歴史や文学についてコメントするという条件つきである。木曽で詠んだ短歌と俳句を中心に、テキストも欲しいという幹事の要請を気やすく引き受けてしまったが、この資料集めはかなり難航した。

たとえば「木曽」でもいいし「ひのき」でもいいが、特定の地名や動植物を歌った作品を探そうとしたとき、俳句には歳時記、季寄せ、俳枕など、季節別地域別の詩華集の類が充実しており、歳時記の中にも花の歳時記、祭歳時記のような特化された書物も多数あって、たちどころに二十や三十の例句を拾うことができるが、短歌にはそれがない。あるかも知れないが、私の住む地方都市レベルの図書館をいくら探してもまず見当たらない。（角川書店『現代短歌集成』のような書物もまだ刊行されていなかった）

もう一つ思い知ったのは、同じような場所や状況を詠んだ短歌と俳句、しかも出来栄えも同レベルの作品を探すことの難しさだった。花火、恋、病気、死……何でもよい。同一の素材を短歌と俳句に詠み分けた場合に、出来栄えを揃えることが難しいのである。それが詠み手の力量の問題とばかりは言えないから考え込んでしまう。素材が定型を選ぶ。または定型が素材を選ぶということがあるのだろうか。

短歌と俳句は、同じ根っこから芽生えた双生児くらいに思っていた私には、それは小さくない発見だった。一人の人間が短歌と俳句を詠み分けたのなら、得手不得手の問題として片付けることもできるが、そこに定型そのものの個性がからんでくると、問題がややこしくなる。考えがまとまらないままに、その日のテキストの「木曽路をうたう」の項に私が引用した作品は次のようなものだった。

・かなしかる願ひをもちて人歩む黒沢口の路のほそさよ　（斎藤茂吉）
・山蒼く暮れて夜霧に灯をともす木曽福島は谷底の町　（太田水穂）
・木曽山の真木を削りてつくる膳木地白々といまだ塗られず　（胡桃沢勘内）
・恵那山の雪むらさきに暮れながら今日も昨日のごとき夕映え　（勝野正男）
・妻籠また馬籠山みち峠みち還らぬ兵士を送りたるみち　（島田修二）
・木曽路ゆく我も旅人散る木の葉　（臼田亞郎）
・木曽宿や岩魚を活かす筧水　（鈴鹿野風呂）
・木曽谷の五木《ごぼく》のほかの今年竹　（鷹羽狩行）
・この町に恵那引きよせて五月晴　（上村占魚）
・棚田青く冷えてここより馬籠道　（大野林火）

これは、その時点で私が知り得た木曽の歌のなかで、好きな作品を五首選び、それぞれに似通った創作動機や意味内容をもつ俳句作品を並べてみたものである。短歌を先に選んだのは俳句の方が探しやすいからで、先に俳句を選びそれに合わせて短歌を探すことは、先に述べたような事情で私には無理だったからである。

引用した作品のうち、短歌には人生や境涯に引きつけて歌った作品が多くなっている。ここには掲げなかったが、候補として拾い出した他の作品の傾向もほぼ同じだった。これは私個人の好みというより、短歌定型の持つ宿命的な持ち味であり、同時にまた「木曽」という歌枕に沁みついた雰囲気によるものであろう。そして俳句の方は、短歌との対比を意識して選んだこの五句の方がむしろ少数派で、多くの作品はもっと純粋な写生句で、明るい雰囲気の作品が多くなっている。

翌年の春は、同じグループの人たちと吉野山を巡ることになった。憧れながら、私はそれまで花の吉野山を一度も訪ねたことがなかったから、彼女たちのお陰で個人的な願望を叶えられる幸運に、心おどりを覚えながら資料を集めた。

桜は日本人の真情に深く入り込み、独特のかかわりを持つ花だから、古典の世界ばかりではなく近代以降の日本文学の中にも特別の位置を占めている。桜に関するかぎり、短歌とか俳句とかの区別なく、日本人の心の在りようが赤裸々に、しかも象徴的に歌いこめられているに違いない。私はまず自分の好みにしたがって、桜を歌った近代以降の代表歌十首を拾い出してみた。

・うすべにに葉はいちはやく萌えいでて咲かむとすなり山桜花　（若山牧水）

・夕光のなかにまぶしく花みちてしだれ桜はかがやきを垂る　（佐藤佐太郎）
・散る花は数かぎりなしことごとく光をひきて谷にゆくかも　（上田三四二）
・後世は猶今生だにも願はざるわがふところにさくら来て散る　（山川登美子）
・戦ひに果てにし子ゆゑ身にしみて今年のさくら　あはれ散ゆく　（釋迢空）
・すさまじくひと木の桜ふぶくゆゑ身はひえびえとなりて立ちをり　（岡野弘彦）
・桜散る備前真庭のゆふまぐれおほちちの血の水上知れず　（塚本邦雄）
・さくらばな陽に泡立つを目守りゐるこの冥き遊星に人と生れて　（山中智恵子）
・さくらばな幾春かけて老いゆかん身に水流の音ひびくなり　（馬場あき子）
・さくら咲くその花影の水に研ぐ夢やはらかし朝《あした》の斧は　（前登志夫）

むかしから日本人は桜の花に人生を見て来た。桜そのものを写実的に歌った作品よりも、桜にことよせて人生を歌った作品が圧倒的に多い。十首のうち五首は写生の歌を選ぶつもりで始めた試みを、私は途中で諦めざるを得なかった。このほかにも迷った末に惜しみながら捨てた作品の多くは、ことごとく桜が象徴する人生を歌っている。そこには私の好みや勉強不足による偏りがあるにせよ、やはりこれは短歌と桜の関わり方を象徴的に示した事例にもなるような気がする。それと比べて俳句の方はどうか

・まさをなる空より枝垂れ桜かな　（富安風生）

・ちるさくら海あをければ海にちる　（高屋窓秋）
・山又山山桜又山桜　（阿波野青畝）
・夜桜やうらわかき月本郷に　（石田波郷）
・さきみちてさくらあをざめゐたるかな　（野沢節子）
・ふり返り見て花の道花の中　（稲畑汀子）
・花衣ぬぐやまつはる紐いろいろ　（杉田久女）
・けふもまた花見るあはれ重ねつつ　（山口青邨）
・花あれば西行の日と思ふべし　（角川源義）
・晩年の父母あかつきの山ざくら　（飯田龍太）

ここに掲げた短歌と俳句を比べて見て分ることは、桜と真正面から切り結び、ねじ伏せるように歌う短歌と、間合いを置いて感情を冷やしながら詠む俳句との違いである。日本人の心の中に最も普遍的な影を落としている花であり、日本人として桜に寄せる感情は歌人も俳人も同じはずなのだが、その共通の思いを表現した結果がこのように違うのは、単に得手不得手とか性格とかいう作者個人の問題ではなく、生れ落ちたときの臍の緒の違いなのかも知れない。つまり、短歌と俳句の比較論の中では、短歌の下句七・七という十四音の持つ意味は、単なる長さや器としての容量の問題ではなく、詩の本質を決定するほどの意味を持っているのではないかと思われる。

そのように、まったく偶然の体験から短歌と俳句の特質について考えていたとき、機会があって皆吉司の『多感短歌論』を読んで大きな刺激を受けた。ここで皆吉が指摘しているのは、俳句が持っている写実的美学、オブジェ的要素、焦点の絞りこみの厳しさなどに対する、短歌のロマン、イメージの重層、空間的広がりなどの特色であるが、これは以前私が「木曽」や「さくら」を詠んだ作品を並べてみて感じたこととほぼ一致している。

私は、もっと多くの歌人や俳人の作品を読んで、短歌と俳句の違いを知りたいと思うようになった。

二、歌人の見た俳句と俳人の見た短歌

短歌と俳句という同じ株から根分けされた二つの短詩形の特徴を、それに携わっている歌人や俳人たちはどう見ているのだろうか。携わるジャンルの特性に対する自覚が、彼らの創作活動や作品に何らかの影響を及ぼしているかどうか。まずはじめに、身近にある短歌と俳句の入門書の中から、短歌と俳句を比較した文章を探して見る。

手元にある数冊と、近隣の図書館の蔵書を合せて三十冊ほどの入門書をあたってみて、私がまず気づいたことは、初心者に手ほどきするに際して、歌人はほとんど俳句との比較を意識しないのに対して、俳人は逆にほとんどの著者が短歌との比較を説き、川柳と俳句の違いについて触れていることである。

それはおそらく、この二つの定型の生い立ちに関係することなのであろう。俳句は、短歌では満たせないものへの希求を根底に持って短歌から独立した文学だから、本家である短歌との違いを明確にすることで、己の存在価値を確認して来た歴史を持っている。それは形式の上で近似する川柳との関係においても同じであった。その点では、短歌は日本文学史の流れの中で、常に本流の位置を占めて来た「本家」であり、離反して独立して行った俳句との違いを証明して見せる必要がない。短歌入門書の中に俳句について触れたものが少ないのも、そんな立場を物語っているように思える。

近代を経て、短歌滅亡論を経て、短歌は日本文学の本流ではなくなり、上田三四二の「短歌底荷論」が抵抗なく受け入れられる時代になって、日本文学の中での短歌の立場は変ったが、短詩形の中での短歌と俳句、俳句と川柳の立場は変らない。歴史が違うからである。

隣接するジャンルを意識して闘志をかきたてながら、己の寄る定型の存在意義を確認しようとする気迫において、短歌は俳句に及ばない。文学だけでなく、宗教も芸術もビジネスも、分派をなすものが生き残るためには、自らその存在意義を証明して見せる必要があった。

私の目に触れた短歌と俳句の比較論の、代表的なものを次に挙げる。入門書からの引用が少ないのは、入門書の文章はどうしても表現が冗長で、引用に適さない場合が多いからである。まず、俳句作者の発言から

・俳句は、間接表現の世界。だから、感情のストレートな表現を排する。短歌は、直接表現の世界。だから、ストレートな感情表現をよしとする。（俳句に）愛や恋の作品が少ないのはその違

いからだろう。（品川嘉也『俳句入門』）

・歴史的にみますと、短歌は青春の詩、俳句は中年以降の詩という特色が実に明らかです。この違いは、短歌の調べが青春の感情の表現を受け入れるのに対し、俳句のほうは感情をそのままに表現するには短か過ぎる……（坪内稔典『俳句からの発想』）

・〈俳句は基本的に〉初めから〈もどき〉だったんじゃないか、短歌をもどくことが俳句だったんじゃないか……結局、晴の文学は短歌だという気がする。褻の文学が俳句だと……（角川春樹『俳句の時代』）

・短歌は「流れ」の詩だから、言葉が音楽になっている。だから耳で聞くものだ。俳句は「堰止め」の詩だから、言葉が絵画になっている。俳句は目で見るものだ。（山口誓子〈岩松草泊の入門書より孫引き〉）

・（短歌には）一種のじめじめした自己閉鎖的な要素が強い。俳句は客観的な要素が強く、いつも心を開いていく。そういうふうに、心を閉ざして自分の思いを詠む短歌と、心を開いて物に託して思いを詠む俳句との性格の違いを感じた。（森澄雄『俳句と遊行』）

このほかにも短歌と俳句を比較した俳人の発言は多く、およそ俳論をなすほどの作者なら、必ずこの点に関する発言があると言ってもいいほどである。これに対して歌人たちはどうか。歌人の側にも俳句について触れた発言は少なくないのだが、俳人の場合ほど明確な意識を持ってライバルの詩型と対比した論は少ない。

・短歌は表現の態として、一種の叙述性をもって成り立っている詩であるといい得るであろう。俳句は暗示、象徴を得意として現代詩に近い。（木俣修『短歌回向』）

・俳句にかなわんと思うのは、季のなかに宇宙をつかみ、自己を発見しているその思想のはるけさのようなものだ。（前登志夫「俳句とエッセイ」特集）

・俳句にくらべて短歌は、やや女性的といえるでしょうか。俳句のほうは五・七・五と、より短い詩型ですから、よほど切り捨てが巧みでサバサバしたところがないと、できないのではないかと思うのです。短歌より男性的といえるかもしれません。（生方たつゑ『はじめて短歌を作る』）

・短詩型文学では短歌が最も〈私性〉の強いジャンルである。短歌における幸福も不幸も、すべてこの〈私性〉という一点にこそあるといわなければならない。短歌が俳句に最も隣接しているようでありながら、その実、もっとも遠い距離にあるのも、まさにこの〈私性〉という点にこそかかわっているのである。（松阪弘『定型空間への助走』）

ここに引用した発言を見ても、隣接の詩型によせる歌人と俳人の認識に、本質的な隔たりがあるとは思えない。ただ表現の形として俳人の方が「直接と間接」「青春と中年」「晴と褻」「聞くと見る」「閉じると開く」というように、明確な対句表現によって特徴を強調するのに対して、歌人の発言は第三者的で、短歌を論ずる中でたまたま矛先が俳句にふれたという感じのものが多いことを面白いと思った。

短歌と俳句の比較論としては、天安門事件への反応をめぐって、新聞歌壇の時評欄で展開された河野裕子と上田五千石のやりとりが印象に残る。この発言は、まず河野が朝日歌壇の作品を例にとって、天安門流血事件に取材した短歌は多く詠まれているが、俳壇にはそれがほとんどないことに着目し、短歌と俳句の機会詩としての機能の差を指摘したことに始まる。

これを受けた五千石は七・七の有無が「叙べる」か「叙べない」かの決定的な方法の違いを導いているとし、「叙べない」詩の特徴を生かすために、俳句は「こと」よりも「もの」にこだわり、「われ」の「いま」という眼前性に執着するのだと説いた。この河野と上田の論点は対立するものではなく、論争というよりも補い合う形でお互いの定型の特徴を浮き彫りにして、意義深い展開を見せて終った。このやり取りの中で論議された問題については、後ほど実作の比較を通して明らかになるはずである。

このやり取りの中で五千石が提示したのは「叙べられない」俳句の宿命と、その制約の中で何を詠むことがより有利であり「トク」であるかという、きわめて具体的かつ実利的な方法論であり、短歌から七・七を削ったことによって「叙べる」機能を欠いた俳句では、「われ」の「いま」に表現を収斂する方が効率的で、テレビに取材した「こと」を扱っていては、努力の割に実りが少ないからソンだという表現の効率論であった。

その上田発言に素早い反応を見せた川名大は、効率論ではなく可能不可能の視点から「固有の感動を百万人の共有感動へと普遍化する句作の力量の問題」だとして、昭和十年代の新興俳句運動の戦争俳句を例にあげながら、俳文学者らしいあるべき論をもって反論し、これに反応した稲畑汀子が、基本的には上田発言を支持する立場から、川名のあげた例句の観念性と、川名の季題に対する認識不足を指摘したことから、これに金子兜太が反論して俳壇内部における季題論争に発展した。このやり取りは少しずつ焦点のずれた、それでいて不思議な活力を発散していて、俳壇の魅力を感じさせるものとなった記憶がある。

これに比較すると歌壇側の反応は鈍く、河野が提起した叙べることによる短歌の問題点、すなわち共有感動が集団ヒステリーにつながる危険性や、作品評価基準の単一化などの問題が、それほど切迫した問題意識を喚起することにはならなかった。何人かの時評氏によって「面白く読んだ」とか「そんなふうに言ってしまっていいのか」程度の感想は述べられたものの、俳人たちのように自分の方法論を引っ下げて論戦に加わる人はいなかったように思う。歌人河野裕子の問題提起は、結果的には歌壇より俳壇に活気を吹き込み、収穫をもたらしたように見えた。

三、正岡子規における俳句と短歌

短歌と俳句という、隣接する詩型をめぐる歌人と俳人それぞれの認識について、私の目についた範囲で感想を述べて来たが、このあたりで方向を変えて、実際の作品に当たりながら、短歌と俳句の表現上の特徴について考えてみたい。

五・七・五・七・七という短歌定型に飽き足りなくなった表現者たちが、改革を求めて新しい表現の形を模索した結果行き着いた方法が、表現の道具としての言葉を加えることではなく削ることだったという事実に、重大な関心を寄せざるを得ない。そしてそのことが日本の抒情詩の歴史に何をもたらしたかを知るために、短歌と俳句を比較して見たいと思うのである。

短歌が引きずって来た七・七を捨てることによって、俳句は何を可能にしたのか。その裏で七・七と一緒に葬り去ったものは何だったのか。つまり短歌と俳句を比較することは、七・七と一緒に捨て去ったものと、その代償として獲得したものとを明らかにすることだと言える。そしてそのことに思いを致すとき、避けて通れないのは正岡子規という人物である。近代以降の短歌と俳句を考えるとき、双方にとっての最初の改革提唱者が子規という一人の人物だったことの意味は大きい。

子規は短歌を捨てて俳句を選んだのではない。むしろ俳句の改革にある手ごたえをつかんだ後になって、憑かれたように短歌の革新を唱え始めた。芭蕉も蕪村も俳諧の付け合いの中で大事にしてきた付句の七・七を切り捨てて、発句だけを完全に独立させたのは子規だったが、七・七を引きずった短歌の存在まで否定したのではなかった。

上田三四二は「俳句小感」という小文（「俳句とエッセイ」）の中で次のように言う。「子規は短歌を三十一文字の俳句と観じた。俳句と短歌はただ字数が違うだけだと考えた子規が、自分のあやまりに気付くのに時間を要しなかったが、しかし短歌の革新は子規のこのあやまりの上に成就したといっていい」

今西幹一に『正岡子規の短歌の世界』という膨大かつ精緻な論考があって、この辺りの事情が箇潔に、しかも正確な裏付けを持って考証されている。これから私が述べることはその今西論文をなぞるに過ぎないが、子規における短歌と俳句の関係について考えてみたいと思う。

子規の場合、俳句が先にあって短歌は後発の文芸であった。それは、まず短歌がありそれに飽き足りない部分を俳句に求めた文芸の歴史とは逆である。つまり、俳句の革新を成就し短歌の革新に手を染めた時点での子規は、短歌のことを「三十一文字の高尚なる俳句」（文学漫言）と捉え、俳句と同じ方法を短歌に適用すれば「略二倍だけの複雑せる趣向」が詠み込めるはずだと考えていた。そういう仮説のもとに出発して、明治三十一年から精力的に短歌に取組んだ子規は、翌三十二年には早くも「俳句にては全く空間的なる趣向を詠むに易く、時間を詠むに適せず」（歌話）とか「短歌は俳句の如く客観を自在に詠みこなすことの難き事、又短歌は俳句と違ひて主観を自在に詠みこなし得る事」（阪井久良岐宛書簡）というような、核心にふれた見解に到達する。その頃の代表的作品、子規における短歌開眼の作といわれる柿の歌と、ほぼ同時に同一素材同一動機によって創られた俳句を比較して見ると

- 御仏にそなへし柿ののこれるを我にぞたびし十まりいつつ
- 御仏に供へあまりの柿十五

この両者を比較して、短歌に歌われている内容で俳句には欠けているのは「我にぞたびし」という第四句だけで、ほかの内容はほぼ同じ、むしろ俳句の表現の方が緊密で、きっぱりと言い切って

いて潔い。ただ第四句が果たしている「私に賜った」という説明と、そのことに対する謝意は、この俳句では表現できていない。

・籠に盛りて柿おくりきぬ古里の高尾の楓色づきにけん
・渋柿や高尾の紅葉猶早し

ここでも、柿から高尾の紅葉を連想している点は同じだが、その柿が籠に盛って送られて来たものであるという説明は、賛否は別として短歌の特色であろう。さらに、それが京都（の天田愚庵）からの贈り物だから、高尾の紅葉に思いが移ってゆくという思考の過程も、俳句より短歌の方が分りやすい。こういう断定を急がない説明口調も、子規が短歌に期待した機能だったのだろう。

・柿の実のあまきもありぬ柿の実のしぶきもありぬしぶきぞうまき
・つり鐘の蔕《へた》のところが渋かりき

これは歌俳それぞれの特徴をよく表している作品だと思う。これについて今西は

・〈つり鐘の蔕のところが渋かりき〉等は、俳句十七字の表現機能を精一杯活かしたものと言える。（中略）歌の方は、貰った柿の中に甘い柿もあり、渋いものもあるといった上で、〈しぶき

ぞうまき〉と一方に軍配を上げる。これも三十一文字の短歌の特性を活かしたものとすることができる

と解説している。この頃の子規は、まだ短歌に手を染めたばかりであり、従来の俳句の延長として短歌を詠んだものと思われるが、そこにはすでに、無意識のうちに両詩型の特徴を活かす制作態度がうかがえる。

・病みて臥す窓の橘花咲きて散りて実になりて猶病みて臥す
・翌しらぬ身をながらへ居れば薔薇が散る

病中の作品。「咲きて散りて実になりて」という時間の流れの表現は、冗長と言えば冗長だが、少なくとも俳句では表現しにくい分野である。一方俳句の方は、明日知れぬ身を永らえていることも、薔薇が散ることも、一句が捉えたものはその持続の中の今の一瞬であって、継続する姿ではない。

・菅の根の永き春日を端居して花無き庭をながめくらしつ
・つれづれにわれ寝て居れば春の雨

ここでも同じようなことが言える。晩年の子規にとって短歌はもはや俳句の焼き直しではなく、俳句においてなし得なかった表現を獲得するためにあった。最晩年の子規の歌句を比較すると、特に短歌の冴えが目立つのはそのためであろう。

・くれなゐの二尺伸びたる薔薇の芽の針やはらかに春雨のふる
・葉鶏頭の三寸にして真赤也

即物的に葉鶏頭の丈と色とを表現し、ズバリと断定して突き放した俳句に対して、短歌の方は「くれなゐの・二尺伸びたる・薔薇の芽の」と、「の」音を重ねたやわらかなリズムに序歌的な働きを持たせ、バラの若芽のやわらかさを印象付けている。この場合の「やはらかに」は、バラの若芽にかかると同時に春雨の降る様子を示していることは論を待たない。大事なことは、春雨が単にバラの若芽に降りそそぐだけでなく、春雨に包まれた庭の全景や、そこに息づく草花すべての生命力にまで、イメージを広げていることである。

俳句が捉えた眼前の葉鶏頭の形状は、連続した時間を瞬間的に断ち切り、時間の止まった空間である。静止した空間には主観は入りにくい。「三寸にして真赤」という、切り取られた空間から、たとえば暑さとか、情熱とか、さまざまな連想を呼ぶことは自由だが、その連想された空間は、元句に表現されている空間と連続しているわけではなく、並列する別の空間である。

一方、短歌の中の時間は流れていて、言葉と言葉が緊密なつながりを持っており、その連続性のなかには飛躍した連想は入り込みにくい反面、主観の入り込む余地がある。短歌と俳句では、イメージの広がり方のパターンが違うのである。

釋迢空は「短歌論」（全集第十四巻）の中で次のように言う。

・短歌の方では、一旦完結感を持った後にも、循環する感覚が残ってゐて、幾度も一つの詩形について、繰り返されて来る印象のあることを望んでゐる。だから俳句は、この一句かぎりと言ふ裁断した感覚をきびしく与へなければならなかった。

この「裁断した感覚」を与えるのが切れ字であって、金子兜太の言う「断定と余韻を持った省略」（『兜太の現代俳句塾』）を可能にし、短い詩型の中でリズムを強め、次へ飛躍させるための断定と切断を行う機能を果たす。また、迢空はこうも言う。

・俳句は、極度に、連想に対しても自由である。短歌は一切連想を遮断している傾向があって、連想によって一首の理会が補われなければならぬ事を恥とする。俳句は、出来るなら、総べての句、或は総べての語が、切字を持ってをり、従って名詞性の強いことを望んでいる。謂はば、感情の描写は、本来この詩形が預り知らぬ所であった。だからさう言ふ名詞感の鋭く来るものに対しては、自ら読者の方から迎へなければならないここで沼空の示した俳句理解は、子規が直感的に看破して通りすぎた所を、沼空らしい篤実さで、理論的に敷衍して見せたものと言うことが出来るだろう。斎藤茂吉にも「和歌と俳句」(選集第十七巻)をはじめ、俳句にふれた論説がいくつかあるが、ほとんどが子規の足跡をたどり、それを解説するにとどまっていて、見るべき創見はないような気がする。三十代で世を去った子規の天才をあらためて思う。

四、寺山修司における短歌と俳句

正岡子規と寺山修司には似たところがある。同時進行的に短歌と俳句両方を作ったこと、俳句が先で短歌にも深入りして行ったこと、そのほかのジャンルにも旺盛な興味を示して取り組んだこと、などである。寺山の作品を、歌句両面から見てゆけば、ひょっとすると、前衛短歌と俳句との技術的な関わり方も分るかも知れない。

中城ふみ子の短歌に刺激されたという寺山修司が「チエホフ祭」五十首によって「短歌研究」誌上に華々しく登場したのは十八歳、大学一年の秋であった。その時彼はすでに俳句という表現手段を持っており、橋本多佳子、中村草田男、山口誓子、西東三鬼などの影響のもとに、あらゆる俳句の型を自分のものにしていて、俳壇ではかなり名を知られた存在だったという。短歌研究新人賞を受賞後、俳壇から彼に浴びせられた「模倣、剽窃」や「俳句から短歌への改変」などをめぐる批判は、ある意味では早く有名になり過ぎた者が負うべき受難だったとも言えよう。

たとえば、模倣、剽窃として問題になった「マッチ擦るつかのま海に霧ふかし身捨つるほどの祖国はありや」という作品が富澤赤黄男の〈一本のマッチをすれば　海は霧〉〈めつむれば祖国は蒼き海の上〉をもとにしているという指摘や「冬海に横向きにあるオートバイ母よりちかき人ふいに欲し」が橋本多佳子の〈乳母車夏の怒濤によこむきに〉の模倣だというような指摘のほとんどが、材料と用語の表面的な比較に終っていて、多分に感情的な非難で終ってしまった感がある。

文学作品の模倣、剽窃を論議する場合、その原作となる作品の素材や言葉が、次の寺山によってどのように展開され、原作とは別のどんな世界を生み出したか、あるいは生み出さなかったかという点を問題にすべきで、それが本歌取りか盗作かを論ずる上での基本である。この基本問題が十分究明されないままに終ったのは惜しい気がする。この点に関して、塚本邦雄は『寺山修司全歌集』の解説で次のように述べている。

・原典を自家薬籠中のものとして自在に操り、藍より出た青より冴冴と生れ変らせる、この本歌取りの巧妙さ。新古今あたりのそれの、厳粛な繁文縟礼めいた修辞学を、微笑と共に跳びこえて、これらの作品は輝いてゐる。

ここまで手放しで褒めるかどうかは別としても、今では寺山の作品が模倣、剽窃だと一方的に決めつける人もいなくなったし、またそのことの詮索は本稿の主題ではないので話題を変えたい。

本稿の主題である短歌と俳句の比較論から見れば、先にあげた例は両者の特質を浮き彫りにする上で、むしろ積極的かつ前向きな例証となるものである。先に挙げた富澤赤黄男の二句（あるいはそこにもう一句、世間で言われているように〈夜の湖ああ白い手に燐寸の火〉という西東三鬼の句を加えて三句としてもよい）が束になっても表現できなかった一点を「身捨つるほどの祖国はありや」という下句が押さえている。また後の例で多佳子の句が表す世界は「乳母車」という、あくまでも優しくひ弱なものに対する「夏の怒濤」の猛きイメージであり、無心で無防備な者に忍び寄る危うさの感情である。それに対して、寺山の歌では「横向きにあるオートバイ」そのものがすでに無心ではない。読者がそこに暴走族の影を見出すかどうかはともかく、オートバイの「横向き」は意識して母に背を向ける一人の青年のイメージであり、そこに駄目押しのようにたたみかける「母よりちかき人ふいに欲し」というフレーズが、母を厭う心の裏側にある母恋の情を浮き彫りにしている。

寺山の初期作品の中で、同じ素材に拠ったがゆえに「改変」と非難を浴びたものを洗い直してみると、そこにはふたつの詩型の領域の違いに迷い続けた表現者の苦悩のあとが見えるのであり、単純に改変と難じて済むような問題ではない。寺山が自らの表現手段を俳句から短歌へと変えてゆく過程には、このような苦悩の跡は限りなくある。それは彼自身の俳句作品と、改変と非難された短歌作品を比較して見れば分る。

- 恋くらき紫陽花母へ文書かむ
- 森駈けてきてほてりたるわが頬をうずめむとするに紫陽花くらし

・父と呼びたき番人が棲む林檎園
・わが通る果樹園の小屋いつも暗く父と呼びたき番人が棲む
・夏井戸や故郷の少女は海知らず
・海を知らぬ少女の前に麦藁帽のわれは両手をひろげていたり
・わが夏帽どこまで転べども故郷
・ころがりしカンカン帽を追うごとくふるさとの道駈けて帰らむ

三浦雅士はその著『寺山修司』の中で次のように言う。

・四冊の歌集は、寺山修司による寺山修司の句の解説とでもいうべき様相を帯びていることに変りはない。歌集は、高校時代の句を新しく読みなおす試みとしてそれぞれあったといえなくもないほどである。寺山修司は自身の句の可能性をその後に再発見するような形で進んでいるのだ。まさにはじめに言葉があったのであり、その後に語りたかったことが、すなわち思想や感情がやってくるのである。

はじめに言葉があった。俳句はその言葉を紡ぐことによって生まれた。寺山にとって俳句はひらめきの産物であり、そのひらめきが自身の内側で整理されて、述べるべき思想が形を成してきたときに、短歌という表現形式が必要になったというのだろうか。ひらめきは直感であり動物的な感情によるものだが、思想はその感情が発酵し濾過されたもので、理性を帯びることになる。この点に関して、寺山自身の次のような発言は注目に値するだろう。曰く「短歌は音楽だけど、俳句は呼吸だ。」(「牧羊神」)

「俳句は呼吸」というときの呼吸は、動物の生理そのものだ。その呼吸にある感情が添って、浄化されたところに音楽が生れる。寺山にとっての俳句は、表現形式としては原初的本能的なものであり、若いひらめきや衝動をぶつけるにふさわしいものであった。そして、そのひらめきが濾過され浄化され、思想性を帯びるにしたがって、それを盛るにふさわしい新しい器が必要になる。それがある時期の寺山にとって短歌だったのであろう。

彼には、一つの器を大事に磨きぬいて、色々な中身を盛り分けて楽しむような忍耐力はなかったから、中身が変るたびに器を取り替えた。寺山修司は、子規や啄木や白秋に似た天才肌で、消費型の表現者だったのである。三浦はまた同じ著書の中でこうも言う。

- 『初期歌篇』に顕著なのは、外にひろがる自然と内にひろがる情感との見事な照応だが、このことは、句で切り取られた自然がそのまま内部の風景に転じうると意識された瞬間に歌が発生したことを示している。

三浦はさらに、寺山の『初期歌篇』の中に多出する「わが内」という言葉に注目して、この「わが内」を表現しようとしたときに歌がはじまったのだと言う。すなわち、寺山修司という一個人の内面は、他人にははかり知ることの出来ない、たとえば出生の秘密も含めたさまざまな暗い部分を宿している。その暗さを、寺山自身は決して隠そうとはせず、むしろ誇らかに歌いあげる。それは寺山にとって、自分の内面の暗さは大いなる夢を育む暗さであり、彼の文学的豊饒を象徴する暗さだからである。そうした豊饒な暗さをたたえた「わが内」を表現するのにメタファ（隠喩）の手法は欠かせない。ところが、句は句自体がメタファであり得ても、句の内部にメタファを持ち込むにはあまりにも短かすぎる。メタファによって内部を語る必要を感じたときに歌がはじまったのである。

このような三浦の指摘は、寺山修司のすべてを見守ってきた人の発言だけに説得力があり、私はこれ以上付加する言葉を持たない。

終りに、寺山の表現手段が俳句から短歌へ移行する過程で、その苦悩のあとが見える作品を上げてこの項を終る。

・かくれんぼ三つかぞえて冬となる
・かくれんぼの鬼とかれざるまま老いて誰をさがしにくる村祭
・車輪繕う地のたんぽぽに頬つけて
・村境の春や錆びたる捨て車輪ふるさとまとめて花いちもんめ
・枯野ゆく棺のわれふと目覚めずや
・音立てて墓穴ふかく父の棺下ろさるる時父目覚めずや

・鳥影や火焚きて怒りなぐさめし
・火を焚きてわが怒りをばなぐさめぬ大地を鳥の影過ぎてゆき
・目つむりて雪崩聞きおり告白以後
・目つむりて春の雪崩をききいしがやがてふたたび墓掘りはじむ

五、加藤楸邨の場合

昭和六十三年七月発行のアサヒグラフ増刊号「俳句入門」によって、私ははじめて現代俳句を意識した。それまで私が知っていた俳人と言えば、芭蕉や蕪村、一茶のほかには、教科書で習った子規や虚子くらいのものだった。そのほかには高校生向きの受験雑誌の読者投稿欄の選者だった石田波郷の名は知っていたし、漱石や龍之介が俳句も作ったという意外性を、知識として楽しんでいた程度だったから、アサヒグラフの誌面で初めて覗く現代俳句の世界は実に魅惑的だった。

そのときはじめて出会った現代俳人の中で、私はなぜか加藤楸邨に惹かれた。理由づけて説明することは難しいが、とにかくそのとき、私は楸邨のページの欄外に、うすい鉛筆文字で「芭蕉に近い」とか「茂吉的」などと書き入れている。楸邨が芭蕉に近いかどうか、他人に意見を求めたことはないが、私自身はその後、興味をもって楸邨を読み進むうちに、ますますその先入観にとらわれて行った。

年譜に拠れば、楸邨が啄木、茂吉、赤彦、節等を愛読して短歌を作り始めたのは十六歳のとき、同僚の勧めで俳句を始め、水原秋櫻子に入門するより十年も前のことであった。楸邨の随想集『遙かなる声』によれば、勤め先の同僚にかなり強引に俳句の会に引っ張り込まれたのが始まりだったという。

・心の底では短歌が少年時代からの自分の愛着だったはずなのだがと思いながらも、やはり例会的な詠み方の俳句に集中するようになり、いつの間にか短歌は思い出したように詠む形になってしまった。

これによれば、楸邨が短歌から俳句に転じたのは単なる偶然で、何かの信念に基づいて短歌と決別したというのではなかった。だからその後も楸邨は短歌への未練を断ち切ってはいないし、師の秋櫻子をして「楸邨の俳句は短歌のしっぽを引きずっている」と言わせた原因はここにあった。

一方、芭蕉の場合はどうか。「はいかいもさすがに和歌の一体也」（『去来抄』）という言葉を残した芭蕉の俳諧は、一口に言えば和歌性の強いものであった。復本一郎がその著『俳人名言集』の中で「俳諧史、俳句史とは〈和歌離れ〉と〈和歌一体化〉の相克の歴史である」ことを繰り返し述べているが、そのような歴史の流れの中でも〈和歌一体化〉への意志を最も強烈に打ち出したのが蕉風俳諧だった。もともと滑稽を目的とした庶民文芸の俳諧が、西行をめざす芭蕉の文学意識によって一度屈折する。その屈折点に花開いたのが蕉風俳諧だったことを思えば、芭蕉の俳諧が和歌的である理由は容易に理解できる。

その芭蕉に惹かれ、さらにその奥に住む杜甫を慕って、「芭蕉の〈ひとりごころ〉を隠岐でたしかめ、杜甫の〈ひとりごころ〉を中国大陸で追体験しようとした」（有富光英『草田男・波郷・楸邨』）ほどの楸邨が、芭蕉に近い位置にいるのは当然だと言える。

さらに言えば、『赤光』に刺激されて俳句を作り始めたという草田男や、「私小説が私にぎりぎりまでとりついたところ」（『続俳句愛憎』）に俳句性を汲み取ったという波郷など、人間探求派と言われた人たちのめざした方向そのものが、はじめから〈和歌一体化〉路線の上にあったと言えよう。

楸邨を子規や修司の場合と比較すると、同じ場面を歌と句に詠み分けて表現した例がきわめて少ない。同一の素材を歌と句に詠み分けて楽しむような意図は、楸邨の創作姿勢には見られない。時に同じ場面を詠んだ歌と句があっても、それはたまたまその場面での心動きがそうさせたに過ぎない。楸邨はやはり俳句に生きる専門俳人であり、如何に愛着を持っていても短歌は余技に過ぎなかった。

それでもなお、たとえば大岡信は楸邨の歌を評して「生涯にこの歌の水準にまで達する歌をただの一首も作り得ずに死んだ歌人の数は、どれくらいあったことだろう」（『楸邨・龍太』）と嘆息し、塚本邦雄は「歌人と呼ばれる人々の中には、この楸邨の短歌を前に愧死すべきものもゐるはずだ」（『詩魂紺碧』）とまで言う。歌句それぞれに対峙する楸邨の態度の純粋さがそう言わしめるのであろう。

楸邨が作品の中で、同一素材や場面を歌と句に詠み分けた例として、『加藤楸邨全集』第四巻の解題で石寒太が次の二例をあげている。

・火の奥に牡丹崩るるさまを見つ
・瞬間にて牡丹崩れてゐたりしが業火の中にまた散りにけむ
・炎昼の女体のふかさはかられず
・死にたしと泣きしは瞬間の過去にして女体のふかさかぎり知られず

牡丹の句（『火の記憶』）は昭和二十年五月、女体の句（『野哭』）は昭和二十二年夏の作品だが、歌は二首とも昭和二十三年の作品で、すでに発表した俳句の背景を短歌によって広げた形になっている。こうした類似はほかにも二・三例塚本邦雄や大岡信の文章でも指摘されているが、楸邨の場合、こうした歌句の類似をあげつらうことに、さしたる意味はないような気がする。矢島渚男は『吹越』の楸邨について

・楸邨の句を読むたのしみの一つは、氏が反復を恐れず同じ型の発想を執拗に追いつめてゆく姿を追ってゆくことである（楸邨全集巻四）

と述べているが、それは一冊の句集の中だけのことではなく、楸邨の生涯にわたる俳句作品について言えることであろう。引用した牡丹の句にしても、敗戦の年の五月二十三日「わが家罹災」の体験は、その後も句集を重ねるごとに詠みつがれて、最後の句集『怒濤』の中にも〈牡丹の奥に怒濤

怒濤の奥に牡丹〉〈思ひきはまるところにいつも白牡丹〉〈牡丹一花この上かつて火がたちき〉など、かの日の記憶につながる句がちりばめられている。そしてその間には、実に四十年をこえる年月が過ぎているのである。

くり返すが、楸邨は意図的に短歌と俳句を使い分けたのではなく、心のおもむくままに、そのときの気持の表現にふさわしい詩型に従ったのである。だから、楸邨の短歌と俳句を比較する場合、同じ素材、同じ場所にこだわり過ぎると、却ってその本当の姿を見失うことになりかねない。一つの対象を追いつめて、どのような心境の時にどの詩型を選んだかが重要なのである。それには楸邨自身が一番心を開いた対象について、場面に捉われずに比較して見ることが必要だろう。

そこまで考えたとき、まず私の胸に浮かんだのは猫である。楸邨が小動物に寄せる眼差の優しさには定評があるが、とりわけ猫に寄せる関心は異常なほどで、『猫』という一冊の句集もあるほどである。ここでは猫を詠んだ『吹越』以後の俳句作品と、同じ頃詠まれた「忘帰歌屑」の中の短歌作品を拾ってみる。

・満月やたたかふ猫はのびあがり
・死に猫に露ひとつぶの天の青
・くすぐったいぞ円空仏に子猫の手
・太陽も猫も渦巻き沙《すな》つむじ
・猫と生れ人間と生れ露に歩す

・一塊の灼け石チムールが過ぎ猫が過ぐ
・しばらくは恋猫の目となりてみむ
・おのが尾に鼻さし入れて眠る猫やや向きかへておちつかぬらし
・くらがりをはしりおはりしもののありややありて猫となりて身を舐む
・目を焼かれ焼夷弾下を駈け過ぎし猫はいつまでもわがうちに居る
・パレスチナ難民部落にわが見たる猫のひかる眸をおもふときあり
・恋ひ呆けて餓ゑし雄の猫わが家に入りきて一夜ねむりて去りぬ
・水甕を跳びそこなひし子猫なれば睡蓮の花と顔が並ぶも

楸邨の俳句の中の猫は、志を持った己の分身として詠まれている。たたかう意志をもって満月に向って伸びあがる猫。人間に伍し、チムールと肩を並べて、昂然と歩み過ぎて行く猫。俳句の中の猫は屍となってもなぜか毅然としている。

一方短歌の中の猫は、俳句という晴れの場で胸を張り続けた疲れを、ひとりになって吐き出している作者自身の影のようなものだ。大俳人加藤楸邨が決して世間に知られてはならない姿を、短歌の中の猫はさらけ出す。

石寒太の解題は楸邨の短歌について「俳句に詠み込めなかった楸邨自身の〈未練〉の結実」だと明快に言い切っているが、そこには角川春樹の言う「短歌は晴れの文学、俳句は褻の文学」という概念とは逆の、楸邨独自の位置づけが見えていて面白い。

〈棉の実を摘みゐてうたふこともなし〉と詠んだ頃の短歌的抒情質を切り捨てた楸邨が、村上鬼城をとり込み、人間探求派と呼ばれ、社会派と言われた時期を経て、傍若無人ともいえる「強靱な恣意」（矢島渚男）を持った、多面的な句境を拓いて行った陰で、短歌が果たした役割は大きいといわなければならない。

六、前衛短歌と俳句

このごろでは「前衛短歌」という言葉をあまり聞かなくなったような気がする。歌壇の動向に無知な私の思い過ごしかも知れないが、あの飛ぶ鳥を落す勢いだった前衛短歌でさえ、一時の流行に過ぎなかったのかと思うほど、近頃の雑誌で「前衛」という見出しに出会わなくなった。しかし、今私が書こうとしている短歌と俳句の関わり方の問題のなかでは、どうしても前衛短歌について触れなければならない。

前衛短歌の前衛性とは何かという問いに、筋道を立てて答えることは難しい。多くの人々は、そのことをそれほどつきつめて考えたこともないし、第一「前衛短歌」という呼称そのものが、どれほどの必然性をもって誕生したのか、それが発生し定着するまでの経緯を説明できる人は少ないだろう。

長い間私は前衛短歌と言われるものの前衛性と、難解歌の難解性とは同義語で、モダニズム短歌の流れを汲む一派のことだという程度に考えて、その範囲でこの言葉を気楽に使って来た。しかし、歌壇で通用している前衛短歌という言葉の解釈は、そんな単純なものでもないらしい。たとえば、難解歌といえば思い浮かぶ斎藤史、葛原妙子、山中智恵子といった歌人を人は前衛歌人とは呼ばないで、逆に歌の表現としてはむしろ単純で分りやすい中城ふみ子の方を、前衛の旗手と位置付けている。そのような区分けが成立する根拠を知りたくて、いくつかの資料を拾い読みして見たが、こういう初歩的な疑問に答えてくれる書物は意外に少なくて、私が知り得た範囲では現代歌人文庫の中の菱川善夫歌論集『歌のありか』にある数編の論文だけであった。

菱川論文は、前衛短歌の前衛性を解明するにあたって、主題の革新と技法の革新という両面から分析して見せた。前衛短歌を論ずる場合、多くの人はまず技法や文体に着目して、イメージや喩の大胆な使用や、暗示、象徴といった方法論に克明な論を展開する。しかしその論が如何に緻密でも、それだけではなぜ中城ふみ子が前衛で葛原妙子が前衛でないかという根拠は分らない。その点に菱川論文は答えている。

主題の革新性とは、一言でいうと「われ」を歌わないことによって「われわれ」の時代を鮮明にすることである。つまり、これまでの短歌が作者個人の私性の問題として表現して来た悲しみ、怒り、悔恨、懺悔といったものを、私性を脱却し、リアリズムを超越して歌うことによって時代の意志に転換したのが前衛短歌であった。

具体的に言えば、そのことによって塚本邦雄は文明批判と時代の危機感を、岡井隆は反権力の思想を歌い、寺山修司は日常的規範性からの脱却を試み、中城ふみ子や春日井建は背徳と不倫を楯に、通俗倫理と法的規制に対して反逆した。

このような主題の革新を可能にしたのは、体験的領域をこえた虚の世界に広がる発想、つまり想像力（幻想力）であるとし、これを菱川は「想像力の犯罪性」という言葉で表現する。言葉は難解だが、要するにそれはこれまでの短歌に求められた清澄な抒情やヒューマニズムとはまったく違う、反逆や破壊や背徳などという、一種の「犯罪性」をまとった想像力という意味であろう。

前衛短歌が世間に認められる直接のきっかけは、前述した通り象徴や風刺を中心とする華麗で大胆な技法の革新性だったが、その技法を必要とした根底には、従来の方法では表現しきれない、複雑化した主題の変革があったのであり、それによってはじめて前衛短歌は前衛たり得たのである。

ところで、以上述べてきたような前衛短歌の方法論の中に、俳句から影響を受けたものがあったかどうか、この点について菱川論文は、はっきりと前衛短歌の文体の上に表れた俳句の影響を指摘する。

菱川は、塚本邦雄の『日本人霊歌』における文体の特徴として「辞の断絶」という技法と「俳句的手法の導入」をあげ、この二つの技法は互いに関連しながら、イメージの飛躍と緊張をもたらし、従来の短歌のもつ「流れの文体」に対する前衛短歌の文体上の特質を形作っているとする。

菱川のいう「辞の断絶」とは、第二句で一首を鋭利に断ち切った形の文体のことで、一言でいえば「二句切れ」だが、単に二句で一呼吸置く程度の二句切れではなく、もっと徹底した断固たる二句切れのことである。菱川のあげた例歌をそのまま引用すると

・国ほろびつつある晩夏　アスファルトに埋没したる釘の頭《づ》ひかる
・春蟬の死への合唱　少年のやはらかき咽喉わが肩に触れ

この場合、二首の歌はそれぞれ二句で文意は完結しており、三句以下の文意とはまったく別のことを言っていて、切れというよりは断絶といった方がふさわしい。一首目は二句までで「国滅びつつある晩夏」と大状況を説明し、そこで文意は一旦完結する。三句以下はその大状況の中の小状況、つまり国の滅びを象徴する一つの事象として、アスファルトに埋没して光る「釘の頭」が描かれる。しかしこの釘の頭が二句までの大状況の中の一現象であるという解釈は、作者と読者の間に存在する一種の共感的理解の所産であって、歌の表現の流れを追うだけではそういう解釈は成り立たない。二句までで完結した文体はそこで完全に切断され、その断絶の空隙に広がる空想力によって、三句以下の新たな展開へのイメージをかきたてるのである。つまり二句切れの前と後は、意味でつながるのではなくイメージでつながっている。

二首目の場合、この断絶は一層明確で、大状況と小状況というような従属関係すらなく、対等な中状況が並んでいるだけである。「春蟬の合唱」と「少年の咽喉」との間には何の関係もない。少なくとも表現の上でこの二つを結びつける説明はなく、わずかに結句の連用止が、文脈の上で上句とのつながりを暗示するだけである。にもかかわらず、「肩に触れる少年のやわらかい咽喉」という退廃的イメージが、本来もっと明るいものであるはずの春蟬の声を「死への合唱」と認識させるお膳立てとなる。関係のない二つの状況が感覚でつながることによって、説明的表現を越えるのである。

この方法をもう一歩進めたのが菱川のいう「俳句的手法の導入」で、関係ない二つのフレーズを意識的に対立させることで、イメージの飛躍と緊張を呼ぶ方法である。

・突風に生卵割れ、かつてかく撃ちぬかれたる兵士の眼

この歌の第三句と第四句を省けば、そのまま俳句になるのではないかと、菱川は言う。

・突風に生卵割れ、兵士の眼

こうして三、四句の説明を省き、俳句形式におきかえて見ると、生卵と兵士の眼というまったく異質な二つのイメージを結合させる手法が一層はっきりする。この、生卵と撃ちぬかれた兵士の眼とは、論理的には何の関係もないが、感覚の次元で結びついている。

・破壊された生卵の無残なイメージと、溢れ出る生卵のどろどろした液体、それはそのまま撃ちぬかれた兵士のグロテスクな眼と、兵士の眼から流れ出る液体とをわれわれによびおこす。その二つのイメージの結合によって、この作品は、戦争という絶対的悪への批判と呪詛とを、われわれの脳裏に強く灼きつける。

（「前衛短歌の収穫」）

菱川のこういう解説を読むと、歌の鑑賞というのも大変な行為だと改めて思い、読者であることの自信を失いそうになる。しかし考えてみると、前衛短歌の魅力の秘密というのは実はここにあった。関係のない二つのフレーズの対立がもたらす一瞬の戸惑いが読者の想像力を刺激し、次々と空想を広げ、深読みの限度ぎりぎりの線まで発展する。こうした俳句的手法の導入によって蘇ったのが前衛短歌だと思えば、前衛短歌にも親しみが湧くというものだ。ただこういう想像や空想が「犯罪性」などというややこしい言葉で解説されると、飛躍が激しい分だけ難解なイメージも増すことになる。

異なる二つの素材を一句の中で衝突させるという方法は、元をただせば新古今に遡ることのできるもので、それが連歌に受継がれ、俳諧の付け合いに生かされ、さらに近代から現代の俳句にも生きている手法である。つまり前衛短歌は、俳句の手法を導入することによって新古今に帰ったのである。

新古今における定家は当時の前衛であった。同時代の西行などと比べると、歌人としての定家の矜持の持ち方はまったく異なる。おそらく定家は、自分を取巻くサロンの、気心の知れた少数のほかには、己の作品を理解してもらおうなどと思っていなかったに違いない。そしてこのことは、現代の定家を意識した塚本においても言えることであった。

花鳥風月という、よくも悪くも収斂する中心を持った俳句では、空想の飛躍にも自ずから節度があるが、短歌の場合は自由な分だけ難解度が増す。ともあれ俳句から受継いだ手法によって、現代短歌の表現の領域がある広がりを持ったことだけは確かだろうと思う。

古典和歌に見る老いの風景

一、古事記に登場する老人たち

1　老いの知恵への信頼と畏敬

本能的欲望の充足だけでは心を満たすことのできなくなった人間が、言葉による自己表現によって生の充実をはかる歴史の中で、自覚的に「老い」を歌い始めるのはいつごろからだろうか。人間の心の中に、神や自然を畏れる気持と同じように、己の生をいとおしみ、老いを嘆く気持が芽生えはじめたとき、彼らはその気持をどのような形で表現したであろうか。

身の衰えを自覚したとき、それに対する恐れや哀しみを、古人はどのような形で表そうとしたか。その老いの自覚や老いに抱く感情は、時代の流れと共にどのように変化して来たのか。その表現のあとを古典作品の中から探って見たい。ここでは、記紀歌謡から新古今のころまでの、主として短歌表現の上に表れた老いの姿をたどりながら、日本人が老いに対して抱いて来た感情の流れや起伏について、時代を追って考えてみたいと思う。

古事記に初めて老人が登場するのは、名高い須佐之男命《すさのをのみこと》の八俣大蛇《やまたのをろち》退治の場面である。高天原《たかまがはら》を追放された須佐之男命は、出雲の鳥髪《とりがみ》に降り立ち、櫛名田比売という娘を中にして泣き悲しんでいる手名椎《てなづち》、足名椎《あしなづち》という老夫婦に会う。その場面を古事記は「老夫と老女と二人在りて、童女を中に置きて泣けり」とだけ記していて、歌謡を伴わない簡単な記述である。

手名椎と足名椎は、年老いたことに特別な意味を持つ人間として登場したのではない。彼らが老人でなくても、この物語の展開には何の支障もないのだが、なぜか彼らは老人である。日本の古典には、こういう時こういう立場の老人が登場して、舞台回しの上で重要な役割を演ずることがよくある。たとえば昔話に出て来るお爺さんとお婆さんがそうだし、能の前シテも多くは老人である。彼らが老人でなければならない特別な理由はないが、そこに古老を登場させることが、物語の信頼感を生むのである。ということは、物語の成立以前から、社会の根底に老人を信頼する土壌があったことを意味する。

農耕民族は一か所に定着して、同じ作業を繰り返して生きるから、年老いて体力が衰えても社会のお荷物になることは少なかった。むしろ、その土地の土質と作物の相性や、気象と農作業の時期の決定など、老人の経験と勘に頼る場面が多く、衰えた体力でもこなせる軽作業がいくらでもあって、基本的には老人を敬う社会だった。体力が衰えても老人が役割を失わない社会でなければ老人は敬われない。その意味では、農耕に頼る比率の高かった日本の古代は、今よりもはるかに老人の存在価値の高い社会だったと言えよう。

景行記では、甲斐の酒折の宮で倭建命《やまとたけるのみこと》との間に片歌問答を交し、連歌の祖とされる御火焚《みひたき》の老人《おきな》が登場する。

即ちその国より越えて甲斐に出で、酒折宮に坐しましける時、歌曰ひたまはく

• 新治《にいばり》　筑波を過ぎて　幾夜か寝つる

とうたひたまひき。爾にその御火焚《みひたき》の老人《おきな》、御歌に続ぎて歌ひて曰く
・日日並《かがな》べて 夜には九夜《ここのよ》 日には十日を
とうたひき。是を以ちて其の老人を誉めて、即ち東国造《あづまのくにのみやつこ》を給ひき。

ここに登場する老人は、先に見た手名椎、足名椎よりはるかに老人としての存在感を主張している。「新治や筑波を過ぎてから、今までに何日くらい経ったのであろうか」という倭建命の問いかけに、「日に日を重ねて、夜では九夜、日では十日になります」と、即座にしかも歌をもって答えた。その機転と才能を認められて、この老人は東国造に任じられたという。日本書紀ではここをさらに強調して「お側の者が誰一人答えられない中でこの（身分の低い）老人だけが答えた」とその状況を説明している。

これは歌の功徳によって思いがけない幸運をつかむ物語で、説話文学の流れの中のありふれたパターンの一つではあるが、その幸運に恵まれた者が老人であること、また老人であることに何の抵抗も感じさせないばかりか、むしろ誇らしげに語られていることに注目したい。

さらに仁徳記が語る「雁の卵」の話になると、老人が老人であることに自覚的な自信と誇りを持っており、周囲もそれを認めていることがはっきりする。

ある時、仁徳天皇が酒宴を催すために日女島《ひめじま》へお出かけになったところ、その島に雁が卵を産んでいた。雁は普通なら大陸で繁殖して日本へ飛来するものなので、不思議に思った天皇は建内宿《たけのうちのすく》禰命《ねのみこと》を呼んで、歌でお尋ねになった。

・たまきはる　内《うち》の朝臣《あそ》　汝こそは　世の長人《ながひと》　そらみつ　倭の国に　雁卵生《かりこむ》と聞くや
（建内宿禰よ、お前は世の長寿者だ。だから聞くが、この大和の国で、雁が卵を産むなんて、聞いたことがあるか？）

すると、建内宿禰も歌をもって答えて言うには

・高光る　日の御子　諾《うべ》しこそ　問ひたまへ　まこそに問ひたまへ
吾こそは世の長人　そらみつ　倭の国に　雁卵生と　未だ聞かず
（高く輝く威厳に満ちた日の御子さま。ようこそお尋ねくださいました。ほんとうに、よくぞお尋ね下さいました。私こそこの世で一番の長寿者ですが、日本の国で雁が卵を生んだなどと、聞いたことがありません。）

この仁徳天皇の問の発し方には、老臣に対する全面的な信頼があり、甘えさえ感じられる。この物語は、「汝が御子や　終に知らむと　雁は卵生《こむ》らし」（あなたさま、日の御子が長生きをされて、末永く国を治められる瑞祥として、雁が卵を生んだのですよ）という建内宿禰の歌で締めくくられる。それは、日本ではめずらしい雁の卵にことよせて、天皇の長寿を寿祝した瑞祥説話だと言われるが、こうした主従関係は若い主君を補佐する老臣物語の典型を形作って、後世に引き継がれてゆく。

2　若者を挑発する老いの歌

雄略記は一転して老いの哀れを語る。三輪川のほとりで絹を濯いでいて雄略天皇に求婚された引《ひき》田部赤猪子《たべのあかいこ》の逸話である。天皇の言葉を信じた赤猪子は、未婚のまま八十年も待つが何の音沙汰もない。思い余った赤猪子は参内して天皇に訴える。すっかり忘れていた天皇はいたく驚き恐縮して、心の中では結婚したいとお思いになったが、赤猪子がひどく老いてしまっていて、結婚できないのを悲しんで歌われた歌。

・引田の　若栗栖原《わかくるすはら》　若くへに　率寝てましもの　老いにけるかも

天皇から「お前の住んでいる引田の、若い栗の木林。あの林の若木のように若いうちに、一緒に寝たらよかったのに、年を取ってしまったなあ」と歌いかけられた赤猪子は、涙で袖を濡らしながら歌を返す

・御諸に　築《つ》くや玉垣　つき余し　誰にかも依らむ　神の宮人

とうたひき。又歌ひて曰はく

・日下江の　入江の蓮　花蓮　身の盛り人　羨しきろかも

「三輪の社に築かれた立派な神垣、それではないけれど、あまりにも長く神様にお仕えしてきた私は、今更どなたにおすがりしたらよいのでしょう。神の宮にお仕えする私は」と訴える。赤猪子はさらに続けて「日下江の入江の蓮よ。その蓮の花のように若々しく美しい、若盛りの人がうらやましいよ」と歌う。

ここに来てはじめて、古事記は若さとの対比の中で老いを語り、人間の身に添う悲哀として抒情的にとらえた老いの姿を描き出す。農耕民族にとって、若さは即ち生殖能力を意味した。若さとの対比で語られる老いは、死の恐怖というよりもむしろ若さ誉めの視点の方が強い。若さをほめ讃え、その若さが失せないうちに早く結婚するように呼びかけることが年寄りの役目として重要だった。老いを嘆くポーズで若者たちに結婚を勧める場は歌垣であり、この歌も典型的な歌垣の歌だと言われている。

「お前が若いうちに共寝をしたらよかったのに、こんなに老いてしまって、どうしょうもないよ」と歌う天皇も「若い盛りの人が羨ましゅうございます」と返す赤猪子も、そういう所作を通して、共同体の若者たちに向って、反面教師の役割を演じているのである。後になると、万葉集などにはもっと明確な意図をもった「嗤はれ歌」または「叱られ歌」とでも言うべき歌群が登場するが、その先触れのような形をここに見ることができよう。

古事記が描く雄略天皇の性格は、赤猪子に見せたような穏やかで優しい面ばかりではなかった。疑い深い性格で、皇位を継承するにあたり多くの人を残酷に殺戮したこともある。従兄弟の市辺之《いちのべの》忍歯王《おしはのおう》も雄略の誘いに乗って殺された犠牲者の一人だが、その忍歯王には意祁《おけ》王と袁祁《をけ》王という二人の王子があった。父を殺された兄弟は難を播磨に逃れて馬飼い、牛飼いとなって働いていたが、雄略の血筋が途絶えたのち見出されて皇位を継ぐ。第二十三代顕宗《けんぞう》、第二十四代仁賢《にんけん》の両帝である。この二人には、皇位譲り合いの逸話や、父を殺した雄略の陵墓への復讐をめぐる話など道徳的、教訓的な逸話で有名だが、一方でこんな話もある。父を討たれ、難を避けて逃げてゆく途中、目のふちに入れ墨をした山城の猪飼という老人が現れてその食を奪い取ってしまう。のちに顕宗が帝位についたとき、猪飼老人は探し出されて飛鳥川の河原で斬られ、彼の同族たちも膝の筋を断ち切られたので、その子孫が大和へ上る日は必ず足が萎えて自然にびっこになるのだという。

　この猪飼老人、目に入れ墨をしてたいそうな恰好をしているが、幼い兄弟から干飯《ほしいい》だけを奪って逃げ、その罪によって命を奪われた上に、子孫にまで災いを及ぼすという間抜けな小悪党で、兄弟の引き立て役といった役回り、つまり反面教師である。道徳的、教訓的な逸話のなかに挿入されたドジな小悪党は、この一連の逸話の中で、反面教師として結構重要な役割を担っている。そしてこの場合も、老人を描く筆致にあまり強い憎しみや軽蔑のひびきがないのが、如何にも古代的である。

　この顕宗が、雄略に殺された父の遺骸を探し求めていたとき、近江の国の卑しい老婆が記憶していて、その記憶をたどって「三枝のやうな八重歯」の忍歯王の遺骸を確認することが出来た。顕宗はその老婆に置女老婆《おきめのおみな》という名前を授け、宮の近くに住まわせて、毎日呼び寄せて労った。宮殿の戸に大鈴（鐸）をかけ、置目を呼ぶときはそれを引き鳴らす。

・浅茅原　小谷をすぎて　百伝《ももづた》ふ　鐸《ぬて》ゆらくも　置目来らしも

（野原を越え谷を過ぎて、鳴り響く鈴、鈴がゆれるぞ。置目がやって来るぞ。）

このように大事にした置目だったが、老いを理由にお暇を賜って国元に帰ろうとする。そのとき、名残を惜しんで顕宗はまた歌う。

・置目もや　近江の置目　明日よりは　深山かくりて　見えずかもあらむ

（置目よ、近江の置目よ。明日からは山に隠れて見えなくなってしまうのだなあ。）

ここに歌われた顕宗の置目を慕う気持は、母を慕う子供のように純真でうつくしい。身分の高下にかかわりなく、齢を加えた者の知恵や知識に価値を認める風土が感じられる。

それにしても不思議なのは、古代の帝王たちは何故これほど簡単に、得体の知れない老人を自分の傍に近づけたのだろうか。日本の古代が開放的で老人に優しかったと言っても、いやしくも帝王の館にみすぼらしい老人が出向いて、すんなりと面会を許されるということがあるだろうか。赤猪子や置目が簡単に帝王に会えたことも、古事記の記述者がそれを特別な出来事とは受止めず、淡々と当たり前のことのように書きとめていることも、老いの古代史を考える上で無視できないことのような気がする。それはたとえば日本書紀で、大和をめざす神武のゆく手に立ちはだかる八十梟帥《やそたける》に対して、椎根津彦と弟猾《おとうかし》が「老父」と「老嫗」に変装して近づいたことに見られるように、敵味方入り乱れて殺し合う緊迫した状況の中ですら、老人には心を許す社会的な土壌があったと考えられるのである。

もちろん、そういう老人への寛容さは、尊敬を意味するばかりではないだろう。ただ単に年寄りを馬鹿にしただけなのかも知れないからである。蓑笠で身をやつした椎根津彦と弟猾は、賊たちによって「大醜《あなみにく》」とさげすまれ、嘲笑の対象にされていて、老いさらばえた弱々しさと卑しさに対する蔑みは明らかで、それがあるからこそ変装が相手を油断させる手段として有効だった。

だが、それにもかかわらず、総じて日本の古代文学の記述は、老いを疎外せず根底に親しみと信頼をもって接している。その裏付となるのは、おそらく日本人が遠い世の先祖たちから引継いだ宗教的実感であり、折口信夫が「翁の発生」の中で指摘した〈まれびと〉〈常世人〉としての翁像と深いかかわりを持つものであろう。

3　神像は翁のすがた

折口信夫は翁の源流を、異郷もしくは他界から来訪神の姿で訪れる祖霊であるとして、高砂の尉《じょう》と姥《うば》にその典型を見ているが、そこで神武記の椎根津彦と弟猾の逸話に触れ

・此は、常世人の信仰があつたから出来た物語です。敵人は見逃し、御方は祝福せられる咒詞・

呪法の助勢を得た事を、下に持つて居るのです。呪詞・呪法は、常世の国から齎されたもの、と信じられてゐたのでした。
（「翁の発生」）

と述べている。折口の常世論に深入りしたら際限がなく、とても私の力ではまとまらなくなるから避けるが、このような信仰的背景を根底にして考えると、常世の国から来る寿命の長い人のイメージが、この世の長生きの人に重なり合い、神秘的な要素は次第に薄れながらも、感情の奥になお信仰の名残をとどめている状況を理解することができる。記紀万葉時代の老人たちはこのような日本人の心の揺れに身を任せながら、のちの時代と比べれば結構幸せな晩年を送ったのではないだろうか。

古典和歌における老いの問題をたどる上で、折口信夫の膨大な論考や柳田國男の「民謡覚書」など重要な示唆を含んだ論文がいくつかあるが、中でも山折哲雄の「神と翁の民俗学」は、柳田、折口の論をふまえつつ展開した翁論で、老いと文学を語る前提として、見過すことの出来ない問題を提起している。

山折によると、本来日本の神は目に見えない存在であったが、仏教の影響を受けて神像が作られるようになる。

・仏像が若い肉体であらわされるのに対して、日本の神像は「翁」としてあらわされる。それには、日本古来の翁のもつイメージがあった。しかし、その表情には童子の無邪気さがあるという。この翁と童子が重ねられているところに、日本固有の心性があることになる。「翁はその老熟の極北を回路として神に近づき、童子もまた無垢の極限を生きてカミの座に迎え入れられている」のである

これは講談社学術文庫の同著巻末に載る古橋信孝の解説文で、鍵括弧の中が山折の文章だが、これ以上簡潔にまとめる自信がないので、そのまま引用させてもらった。山折のこの論文は「翁」を中心とした民間信仰の歴史であり、神仏の交渉史、相互影響の歴史がテーマだが、日本人が目に見えない神を形象化しようとしたとき、その神に若き肉体ではなくて、老いの姿を与えたという指摘は見逃し難い。

山折は同じ論文の中で『風土記』の成立時に、先祖伝来のさまざまな口伝に関する情報の提供者として、編纂に大きな影響力を持った「古老」の存在に注目しているが、古老は古い時代から伝わる神々の行動を記憶する神事の口伝者であるとともに、巡遊し遊行する神々の行動の目撃者として、古代社会にあって絶大な存在感をもっていた。

神人的性格を持ち、神と人との媒介者としての古老に寄せる先祖たちの感情は、宗教的な畏敬の念を徐々にうすめながらも、記紀万葉人の遺伝子の中にはまだ残っていたはずである。そんな彼らが、老人に対して他の時代人より強い尊敬や親しみの感情を抱くのは当然と思われる。

古事記の中には、老いを人生の無常と結びつけて嘆きの種にするような傾向はない。そうした感

情は、万葉集において兆しを見せ、平安時代に病的なまでの高まりを見せる。記紀の時代にも、若さとの対比で老いを語る場合がない訳ではないが、のちの時代ほどじめじめした印象を与えない。

先にも述べたように、生きかわり死にかわり同じ土地を耕して生きる農耕民族は、獲物を求めて大移動をくり返す狩猟民族や、豊かな草原を求めて、砂漠の中に羊を追う遊牧民ほどには、生きる体力を必要としなかった。日本人の歴史に圧倒的な迫力を持つ指導者が少ないのも、男尊女卑の観念が比較的薄いのも定住型農耕民族の特色で、それは文学史の中にも著しい痕跡を残している。

二、万葉集の中の老い

1 無常観の芽生え

万葉集が、雑歌、相聞、挽歌という三つの部立から成り立っていること、つまり、さまざまな人事や心象の中から愛と死のみを取り上げ、その他はすべて「雑」として処理してしまっていることは、愛と死にばかり瞳をこらした、ひたぶるな古代人の心の現れであると、中西進は述べている。(「万葉の詩と詩人」)愛と死の中間点にあるのが老いであり、その老いがまとう孤独と悲哀を、自覚的に詩歌の領域に取込むようになったのは万葉期の人々であった。生に対して肯定的であった古代人は、その裏返しの感情として、汚穢に満ちた死の世界を畏怖し、死への恐怖によってより積極的な生への執着心をかきたてたと言える。その執着する生が永遠でないという認識が一種の挫折を生むが、それが諦念に似た感情と結びついて、常なきこの世を生きるための理念にまで体系化されたのが無常観である。日本人が無常を意識し始めたのがいつ頃のことか分らないが、文学の上にその痕跡が現れるのは、古事記における木花佐久夜比売《このはなさくやひめ》伝説が最初であろう。

天孫邇々芸《ぎ》の命は笠沙の御前《みさき》で見そめた美しいおとめ、木花佐久夜比売に求婚する。おとめの父の大山津見《おおやまつみ》の神はその求婚を承諾するに際して、木花佐久夜比売と一緒に姉の岩長比売《いわながひめ》をも奉った。ところが、姉の方は大変醜かったので、邇々芸は妹とだけ契って姉を親元にかえしてしまう。岩のような、永久に堅固な寿命を象徴する岩長比売を拒否したことによって、その後の天つ神の子孫（人間）の生命は長くないのだと、この神話は伝えている。

人の命は咲き終りゆく木の花のようにはかないのだという認識を、仏教伝来以前の日本人が持っていたかどうかは分らない。しかし、この認識の思想的な定着には、仏教の影響が大きいことは間違いないだろう。そこで、万葉集における老いの歌を取りあげる前に、この世の無常を歌った歌をひとわたり見ておきたいと思う。

- 子らが手を巻向山は　常にあれど　過ぎにし人に行き巻かめやも　（巻七・一二六八）
- 巻向の山辺とよみて　行く水の水沫《みなわ》のごとし　世の人われは　（同・一二六九）
- こもりくの泊瀬の山に照る月は　満欠《みちかけ》しけり　人の常無き　（同・一二七〇）

巻向山はいつも変らずにそこにあるけれど、死んでしまった人と手枕を交わすことができようかと、死んだ妻を偲びながらつくづくと人の命のはかなさに思いを馳せる一首目。その巻向山の山辺をとよもして流れてゆく水泡のように、現身のわれらの命もはかないのだと達観した二首目。ともに人麻呂歌集にある歌で、現実に身近な死を見据えて歌っており、単に観念的な無常を歌っているのではない。三首目は古歌集の歌で、初瀬の山に照る月の満ち欠けに例えて人の世の無常を歌っているが、このように自然との対比のなかで人の命の有限性を確認するところに無常観が生れる。

• 高山と　海とこそは　山ながら　かくも現《うつ》しく　海ながら　然真《しかまこと》ならめ　人は花物《はなもの》ぞ　うつせみの世人《よひと》（巻十三・三三三二）

• 鯨魚《いさな》取り海や死にする山や死にする　死ぬれこそ海は潮干て山は枯れすれ（巻十六・三八五二）

ここにあげた長歌と旋頭歌は、万葉集の中でもめずらしく仏教色が鮮明で、深い哲学的思索を湛えた歌である。一首目は、山は山として海は海として、このように確固として存在する。それなのにこの世に生きる人の命は花のようにはかない存在であるという。自然の永遠性と人の生命のはかなさに思いを寄せているのに対して、二首目の旋頭歌はその海山の永遠性をすら否定する。「海が死ぬことがあるだろうか。山も死ぬことがあるのだろうか？」という問いかけに、「死ぬからこそ海には潮の引く時があり、山には冬枯れの季節があるのだ」と答える。一首の中で自問自答するようなこの形は、本来は僧が説教するときに歌われたものだろうと言われている。この歌の前には河原寺の仏堂の和琴の面に落書されていたものだと左注のある「世間の無常を厭ふ歌二首」があって、そのことを一層鮮明に裏付ける。

・生死《いきしに》の二つの海を厭はしみ　潮干の山を偲ひつるかも　（巻十六・三八四九）
・世間《よのなか》のしげき仮廬《かりほ》に住み住みて　至らむ国のたづき知らずも　（同・三八五〇）

これらの歌や、さらに「世間《よのなか》を何にたとへむ　朝びらき漕ぎ去にし船の跡なきがごと」（巻三・三五一）という沙弥満誓の歌などを読みくらべると、無常という仏教思想が和歌に取込まれてゆく過程がはっきりしてくる。後世の釈教歌から、さらに和讃やご詠歌へと流れてゆく仏教的無常の詠嘆は、すでにここにその兆しを見せはじめている。

永遠と思われる海や山でさえ死ぬものを、ひとり人間だけが死を免れるはずがないという認識は、人間の死が単純な挫折や絶望とは違うということの自覚であり、死の理念化であり、万葉人が至り着いた地点の高さを示していると言えよう。このように、無常即ちはかなさの認識とその表現の形は、長い期間にわたって万葉人の間に反芻され、個人を越えた時代思想の表現パターンとして定着してゆき、大伴家持に至って集大成される。

さきにあげた例歌で「水沫のごとし　世の人われは」と歌った人麻呂は、吉備津の采女の死に遇って「……時ならず過ぎにし子らが　朝露の如　夕霧の如」（巻二・二一七）とも歌っているが、その延長線上に人の命を露、霧、霜、水などに喩える表現が多く見られるようになる。「朝霧の消やすき命」とか「露の命」というたぐいの表現を探すと、巻五・八八五、巻七・一三七五、巻九・一八〇四、巻十一・二六八九・二六九一、巻十五・三六二五、巻十七・三九三三等があり、こういう表現が万葉人たちの間で一般的だったことが分かる。

もう一つの形はもっとストレートに、観念としての無常観を表現するケースで、有名な大伴旅人が妻を亡くしたときの歌「世の中は空しきものと知る時し　いよよますます悲しかりけり」（巻五・七九三）をはじめ「世間《よのなか》を常なきものと今ぞ知る……」（巻六・一〇四五）「世間の常しなければ……」（巻十七・三九六九）「数にもあらぬ命……」（巻四・六七二）「世の中は数なきものぞ……」（巻十七・三九七三）「短き命」（巻六・九七五、巻十五・三七四四）「何時までに生かむ命ぞ」（巻十二・二九一三）「死なむ命」（巻十二・二九二〇）など、枚挙にいとまがないほどである。防人歌にも「うつせみの　世の人なれば　たまきはる　命も知らず……」（巻二十・四四〇八）という歌があり、のちに古今集に引き継がれてゆく慣用表現が、かなり古い時代から出揃っていたことが分かる。家持は、これらさまざまな表現の形を集約し、彼の美意識にしたがって整理し、集大成した。その家持の歌は

- うつせみの世は常なしと知るものを　秋風寒み偲ひつるかも　（巻三・四六五）
- ……うつせみの　借れる身なれば　露霜の　消ぬるがごとく……　（同・四六六）
- 世間《よのなか》は数なきものか　春花の散りの乱《まが》ひに死ぬべき思へば　（巻十七・三九六三）
- うつせみは数なき身なり　山川の清《さや》けき見つつ道を尋ねな　（巻二十・四四六八）
- 泡沫《みつほ》なす仮れる身ぞとは知れれども　なほし願ひつ　千年の命を　（同・四四七〇）

このほかにも家持の歌は、世間の無常を悲しぶる歌（巻十九・四一六〇）をはじめ、藤原二郎が母を亡くしたときの弔歌（巻十九・四二一四〜四二一六）、大伴池主との贈答歌（巻十七・三九六九）、風物の変化を悲しみ哀れんで作った歌（巻二十・四四八四）など、それまでに使われていた慣用句を駆使し、家持自身の感性によって新しい境地をひらいている。世の中を「常なし」と観じ、人は「仮の身」でおのれ自身は「数なき身」であると認識することで、万葉人の死生観は一つの達成を見たが、そのことと次に述べる「老い」の意識とは、密接に関連しながら決して同一次元の問題ではないように思われる。

2　変若水に託す若返りの夢

生きとし生ける者、死を逃れることが出来ないという現実は認識しても、人間は死の恐怖から解放されたわけではない。無常観という思想をもって死を理念化したのちも、人々は生への執着を断つことが出来ず、生きる力の衰える老年を憎んだ。いつまでも若々しくありたいと願う心は、ひたすらに長寿を渇仰し、若さを讃える歌を生み、一方では老いた体内にもう一度若い生命力を復活させようという変若水《をちみづ》の信仰を生むことになる。

・河の辺のゆつ岩群に草生《む》さず　常にもがもな　常処女《とこをとめ》にて　（巻一・二二）

・朝露の消《け》やすきわが身　老いぬとも　また若《を》ちかへり君をし待たむ
（巻一一・二六八九、三〇四三に類歌あり）

一首目は、十市皇女《といちのひめみこ》が伊勢神宮へ参拝したときに随行した女性の歌で、川のほとりの神聖な岩には草が生えないように、いつまでも若々しい永遠の乙女であってほしいと、自分の仕える皇女の若さを讃え、長寿を祈った歌である。「ゆつ岩群」のユは多く植物に冠して使い、成長する力のこもった霊力を表すが、ここでは巨石成長の信仰と関係があるといわれている。

二首目は、「朝露のようにはかないわが身は、たとえ年老いてしまっても、また若返ってあなたを待ちましょう」と自身の若返りに期待した歌で、月よみの神が持つという不老不死、または若返りの水「変若水」の信仰を根底にした歌である。心に願いを持つ者が、その願いを叶えんがためにもう一度若さを取り戻したいという願望は、万葉人が等しく抱く素朴な感情であった。万葉集に十数首見られるこの種の歌には、大雑把に言って三つのパターンがある。

第一のパターンは望郷の念が生む若返り願望の歌で、事情があって異郷で老いを迎えた人が、なつかしい土地にもう一度帰るために長生きをしたい、若返りたい気持を歌う。これはある特殊な立場にある者が抱く感情で、普遍的ではないが最も素朴で切実な願いといえるだろう。

・我が盛また変若《をち》めやもほとほとに奈良の都を見ずかなりなむ　（巻三・三三一）
・我が命も常にあらぬか昔見し象《きさ》の小川を行きて見むため　（同・三三二）

齢六十を過ぎてから、遠隔の地大宰府に赴任した大伴旅人の場合、自分自身の老いに加えて衰亡する名門大伴家の命運を背負う立場の重圧が重なり、望郷の念は一層深かった。昔日の栄華を取り戻すために、変若返りは切実な願いであったが、旅人にはその願いさえ萎えて「せめて都へ帰って死にたい」という諦念に変っている。

第二は、自分の仕える主人とか親の若返りや長寿を願い、その人がもたらしてくれる幸福が、何時までも続くことを願う歌。

・天橋《あまはし》も　長くもがも　高山も　高くもがも　月読の　持てる変若水　い取り来て
君に奉りて　変若得てしかも　(巻十三・三二四五)

反歌

・天なるや月日のごとく　我が思へる君が日にけに老ゆらく惜しも　(同・三二四六)

この種の歌には、君臣も親子も恋人も区別のない、素朴で一途な心情がこもっている。「幸福《さきはひ》のいかなる人か　黒髪の白くなるまで妹が声を聞く」(巻七・一四一一)のような偕老同穴の幸福を羨んだ歌も同じ系列の歌と見てよいし、「父母が殿の後方《しりへ》の百代草《ももよぐさ》　百代いでませ　わが来るまで」(巻二十・四三二六)なども同じである。こうした素朴さが、信仰的要素の欠落とともにパターン化し、やがて形式的儀礼的に主君への忠誠を誓い、長寿を祈る歌が繰り返し歌われるようになる。明治以降の国家指導者たちが、真意を歪曲しながら意図的に喧伝し、国威発揚に利用した万葉歌の多くはこの系列のものであった。

第三は、恋の思いを遂げるために肉体の若返りを願う歌である。若返ってもう一度恋をしたい。あるいは未だ叶わぬ恋を成就するために若返りたいという気持を歌った歌は、万葉の中に多く見られる。これには一途に実直な思いを吐露する真面目な歌と、空想をまじえ揶揄を含んで回春を願望する、ややふざけた感じの歌の二通りがある。

- わが盛いたく降《くだ》ちぬ　雲に飛ぶ薬はむとも　また変若めやも　（巻五・八四七）
- わが手本《たもと》まかむと思はむ丈夫《ますらを》は　変若水求め白髪生ひにけり　（巻四・六二七）
- 白髪生ふる事は思はず　変若水はかにもかくにも求めて行かむ　（巻四・六二八）

一首目は大伴旅人の歌である。教養人旅人の老年が悲哀を帯びるのは、仏教的無常観を伴うからだろうか。仙薬は希望をもたらすというより、ここではむしろ絶望を深めるためのお膳立てのように使われている。それに比べると、二首目と三首目の歌問答は一種の「おふざけ」であって、信じてもいない変若水の言い伝えを肴にして、親しい男女がふざけ合っている感じである。佐伯赤麿の求愛を受けた娘子が「私の手枕で寝ようというほどのお方なら、若返りの水でもお求めなさい。白髪が生えているじゃありませんか」と、男の求愛をはぐらかし、逆襲しながらやわらかく拒絶する。三首目はそれに対する赤麿の答えだが、機知にあふれ颯爽とした女の先制パンチに対し、生真面目で締まらない男の対応が笑いを誘う。平安朝になって花開く女房文学の、機知に富んだ問答歌のスタイルは、すでにこの時期に芽生えていたのである。

3 反面教師としての老いの役割

信仰が薄れ、変若水の霊験を信ずる人も少なくなると、変若水はただ老いの抵抗を戯画化するための道具に過ぎなくなる。そういう社会的背景の推移の中で、老いを笑いの対象としてとらえる傾向が強まるのは、自然の成り行きであろう。

「老いらくの恋」という、もはや恋する力を持ち合わせていないはずの老人の恋愛に、万葉集はかなりのスペースを割いている。それは先に引田部赤猪子のところで述べたように、若者に向って婚姻を勧める、特殊な役割を負った老人と歌の存在が背景にあるからであろう。

• 古りにし嫗にしてや　かくばかり恋に沈まむ　手童《たわらは》のごと　（巻二・一二九）
• 事もなく生き来しものを　老次《おいなみ》にかかる恋にもわれは会へるかも　（巻四・五五九）
• 黒髪に白髪《しらかみ》交り老ゆるまで　かかる恋にはいまだ会はなくに　（同・五六三）

これらは、見かけは大まじめな恋の歌である。老いてようやく得た恋の喜びを謳歌しているように見えながら、どこか一刷毛の自嘲を覗かせてもいる。このような傾向がさらに進むと、老いの身に盛時を回想しながら、あらわな意図をもって若者を挑発する歌が生れる。

・梯立の倉橋川の石の橋はも　男盛りにわが渡りてし石の橋はも　(巻七・一二八三)
・射ゆ鹿《しし》をつなぐ河辺の和草《にこぐさ》の　身の若かへにさ寝し子らはも　(巻十六・三八七四)

一首目は、倉橋川の橋の飛び石を軽々と越えて恋人のもとに通った若き日の思い出にふける老人の歌う旋頭歌だが、二首目になると、追想と現実が交差しながら、共寝した恋人の柔肌の感触に浸りきっている。これらは老いらくの恋を歌う場合の典型的なスタイルで、あとで述べる古今集の「男山」の歌につながってゆくのである。自身の肉体の衰えによって生命の有限を意識した者が、若さへの羨望と変若返りの願望を露わにしながら、断ちがたい恋情を歌い続ける老いらくの恋の歌は、このほかにも万葉集の中にたくさんある。

こうした流れの中にあって、やや特殊な存在は巻九の「水上浦島子」と巻十六の「竹取翁」の歌で、それぞれを主人公とする物語的展開の中で命のはかなさを歌い、老いの惨めさや滑稽さを歌う。特に竹取翁では、人間の一生における成長期、絶頂期、老年期を丹念に歌い分けながら、老いの尊厳に触れている点に注目したい。長編のため引用はできないが、瞬時に過ぎ去ってゆく若さを惜しみ、若さを讃える一方で老いの尊さを明確に主張し、老いが次第に軽んぜられてゆく傾向に抵抗した、貴重な作品だと私は思っている。

この稿に手をつけてから、書店や図書館でも老いを取り上げた書物に目をとめることが多くなった。その中で、私が最も注目したのは、水野裕美子著『日本文学と老い』という本であった。水野はこの本の中で、個人的感慨としての老いの自覚とは別の、他者の目から捉えられた老いに注目し「それぞれの社会が、老いをどのようなものとして見て来たか、老いに対してどのような意味や価値を与えてきたか」という文化的事実を重要視する立場から、日本人の老いの特色を検証しようとしている。

西洋的ユートピアと東洋的な桃源郷を比較したり、シェイクスピアのソネット等を引用しながら、水野は日本文化の中の老いの特色を次のように説明する。すなわち、人生を四季にたとえ、老年を冬にあてはめることは洋の東西を問わず共通だが、冬のイメージは西洋と東洋、特に日本とでは大きく違っている。

• 太陽も輝かず生気もまったくない西洋の冬は、人生における大いなる不幸……死の象徴であり、人生の冬である老いも同然の災い、不幸とみなされている。それに対して日本の冬は〈小春日和〉という言葉に代表されるように、穏やかに晴れて暖かい日もあり、風のない日だまりで日向ぼこすることもできる。

だからヨーロッパのように酷烈な冬を知らない日本人は、老いに対して寛容というか楽観的だというのである。

・日本人にとって老いは、晴れた冬の日の澄みきった空の透明な明るさ、冬の寒さの中でしみじみと感じられる日だまりの暖かさにたとえられるような幸福感に彩られている。そしてこのような幸福感が日本の老いの文学の基調ともいうべきものになっていると思われる。

水野の論旨は明瞭で、生物体の自然現象としてしか老いをとらえない西洋の文学に比べ日本の文学は、老人を時を超えて永遠に生き続ける神としてとらえる点に注目している。

この見方は、先に古事記の項で述べた風土の問題とほぼ一致する。仏教思想が普及し無常観が定着したことで、日本人の抱く老いのイメージが一気に転落したわけではない。むしろ避け難い死がそこにあるからこそ、老人は神に近い存在として認識されることだってある。唯一絶対神に支配される西洋の人たちは、死んでも神になることなどあり得ないが、日本人は誰もが等しく神になる。日本人にとって、死に近づくことは神に近づくことである。山折哲雄のいう、青年の若々しい肉体を形象化した仏像と老人の姿に荘厳を見出す神像との違いにも、同じようなことが言える。

仏教を受け入れるに際して、日本人はそれを「仏てふ神」と認識し、八百万の神の一人として認知するところから始めたのであって、神を放逐して仏を選んだのではなかった。すなわち、日本の神々は仏に征服されたのではなく、仏という異国の神にも日本国籍を与えたのである。

4　旅人、憶良と老いの孤独

それまで日本の神々の世界は、老若入り乱れて役割を分担する分業システムの社会であり、そこでは老神は老神としての権威を保つ場があったのだが、新入りの仏という神の若さと独特の演出力に圧倒されて、たちまちのうちに主導権を奪われてしまう。日本の古い神々の衰退は、人間社会における老人の権威にも少なからぬ影響を与えたはずである。老人の権威は徐々に薄れ、老いは仏の慈悲にすがる弱き者に過ぎなくなってゆく。

記紀万葉のなかの老いの歌の多くは、そのように価値観の変化する時期の産物だったから、老いに対する尊敬や親しみと蔑視が入り混じっている。その中で、迷いなく仏教思想への傾斜の姿勢を明確にしながら、人間の滅びの形としての老いを歌ったのが大伴旅人と山上憶良であった。

旅人については先にも少し触れたが、彼は老いをあくまでも自分一人の問題として捉え、滅びゆく者の寂しさを歌い、その対象としての「変若返り」や「常の命」へのあこがれを歌う。有名な「酒を讃むる歌」にしても、現世享楽的な面ばかりがもてはやされて鑑賞がゆがめられているが、実際には家運の衰退に重なる自らの老い、政治的不遇意識などの裏返しであって、単なる刹那主義、快楽主義とは違う一面を持っている。

憶良の場合、人間の老いを社会とのかかわりの中で捉える。社会から厭われ、憎まれ、救いのない老いの姿を徹底的にあばき出してゆく。彼の執拗なまでの老いへの嫌悪は日本人離れしており、それだけを見ても中西進の「憶良帰化人説」の十分な根拠となり得ると思うほどである。

・世間《よのなか》の　すべなきものは　年月は　流るるごとし……
か行けば　人に厭はえ　かく行けば　人に憎まえ　老男《およしお》は　かくのみならし
たまきはる　命惜しけど　せむすべもなし　（巻五・八〇四）

反歌

・常盤なすかくしもがなと思へども　世の事なれば留みかねつも　（同・八〇五）

有名な「子等を思ふ歌」に続く「世間の住《とど》り難きを哀しぶる歌」の一部を引用した。序で仏教の八大辛苦をあげ、苦は集まりやすく楽は遂げ難いことを嘆き、それゆえに自分は歌を作って老いの嘆きを払いのけるのだと宣言する。憶良は、生命を蝕むものとしての老いを真正面から見据え対決した最初の歌人だった。根底にあるのは仏教的な無常観であろうが、それによって宗教的に納得してしまうほど単純な憶良ではない。老いさらばえた自らの醜い姿を執拗にあばき出し、嘆き、人生を呪う。これまでの万葉の歌に見て来たような老いの概念は影をひそめ、あくまでもリアルに残酷に老いの実態を追いつめてゆく。

その彼が、老いの嘆きを逃れる手段として、歌の効用を自覚的に述べていることは興味深い。のちの家持に通ずる文学的自覚とも考えられるが、もっとどろどろした呪術的な雰囲気もどこかに残している。

七十四歳になった憶良が、病に沈む自らを哀れんで書いた「沈痾《ちんあ》自哀《じあい》の文」（巻五・八九六の次）は、長大で理屈っぽく、読み通すのに骨の折れる文章だが、ここでも憶良は何の罪を犯したわけでもない自分が、老いの上に病を重ねて、不幸のどん底にあることを嘆いて次のように言う。

・但《ただ》に年の老いたるのみにあらず、復《また》斯の病を加ふ。諺に曰はく、痛き瘡《きず》に塩を灌ぎ、短き材の端を截《き》るといふは、此の謂なり。四支動かず、百節皆疼《いた》み、身体太《はなは》だ重く、猶し鈞石《きんせき》を負へるが如し。……

このように徹底して生の暗部を暴くリアルな描写を、有名な「貧窮問答歌」や「子等を思へる歌」と合せて万葉集の中に発見するとき、我々は何か時代を飛び越えたような錯覚に襲われ、昭和初期のプロレタリア文学に通ずるような社会意識をそこに見ようとしがちだが、実際には、その根底にあるものはもっと素朴な、言霊信仰に近い意識だったと思われる。憶良が気迫をこめて老いを嘆き病苦を訴えるのは、言葉によって病気を治し老いを克服できるという、かすかな希望の表現であろう。言霊には、自ら前向きな言葉を吐くことによる効用もあり、反対に、大げさに苦境を訴えることによって神の同情を買う方法もあるからである。

もう二十年近く前のこと、ある生命保険会社のPR誌に、著名な歴史学者が憶良の年収を試算した興味深い記事が載っていた。従五位下、伯耆守に任ぜられた頃の彼は、米価を基準にして今日の貨幣価値に換算すると、年収二千万円を優にこえると推測されるという。この種の試算をもとにした読み物風の歴史書は何冊も出ていて、どれも似たような数字をあげているから、高級官僚山上憶良の経済生活は相当恵まれていたことは確かだろう。だとすれば、貧窮問答歌に見られるような表現はどこから生れるのか。憶良は、任国においてつぶさに目撃した民の貧困を憐れみ、それを自分自身の生老病死に対する恐れと同列に、言葉の力によって追放しようとしたのであろうか。

憶良の作品には、同じような素材を扱った中国の詩賦からの影響が指摘されているが、それはあるにしても、彼の作品にこもる鋭い気迫は尋常ではない。言霊信仰が薄れてゆき、言葉への信頼感が希薄になりつつある時代に、それでもなお、かすかな望みをかけて絶叫し、訴えるような悲痛なひびきがこもっている。旅人が仙薬のいかがわしさを知りながら変若返りを求めたように、もはや信ずべき根拠を失った空しい願いと知りながら、言霊の力に縋ろうとする。そういう自分を自嘲気味に見つめているもう一人の自分が、いっそう老いの悲哀を深めている。旅人や憶良の老いの歌の独自性はそこにある。このような深い孤独を伴った老いの歌は、その後しばらくの間、和歌史の流れから姿を消すことになる。

三、古今・新古今と老いの美学

1　古今集の中の老い

日本の古い民俗の根底を流れる思想には、最も神に近く円熟した人間として老人を敬う心があった。それを支えた信仰的基盤や社会秩序が徐々に崩壊してくると、老人の位置づけも変り老いの歌も変る。大陸思想の洗礼を受けた大伴旅人や山上憶良はその接点に位置した歌人だったが、かれらの出現がその後の日本の老いの歌を、劇的に一挙に変えたかというとそうではない。万葉の老いの歌に見てきたいくつかの傾向は、古今集の時代になってからも同じ歩みを続けながら、時間をかけて徐々に洗練され、老いを歌うパターンが次第に確立し、様式化された文学上の老いの形が固定する。

・いにしへのしづのおだまきいやしきもよきも盛はありしものなり　（巻十七・八八八）
・今こそあれ我も昔は男山　さかゆく時もありこしものを　（巻十七・八八九）

古今集巻十七（雑歌・上）にずらりと並んでいる二十数首の老いの歌から取り上げてみる。二首とも同工異曲の青春懐古の歌で、日本の老いの歌の典型を示すものと言える。一首目は伊勢物語では三句目以下に変化があり「いにしへのしづのおだまき　くりかへし昔を今になすよしもがな」となっており、古今六帖には第五句が変化して「いにしへのしづのおだまき　いやしきもよきも盛はありこしものを」の形で載せている。異伝が多いのは、この歌がそれだけ広く同時代の人々に愛誦せられた証拠であるが、その中でもっとも素朴な形の歌が古今集に採られているのである。二首目は、柳田國男が「男山式」と名付けて紹介し、青春懐古型歌謡の典型と位置付けたことで知られる。柳田は日本の各地からこの男山の歌に歌われた気持を受継いだ俗謡、民謡を採集し、たとえば

・おらが若いときゃ　印籠巾着さげたが　今じゃ年より　皺より　お寺の過去帳に
つくばかり　（越後・三がい節）
・わしがわかいときゃ　そでつまひかれ　今は孫子に　手をひかれ　（下総・踊り歌）

といった十指に余る例歌をあげ、それらの民謡の歌い手が、自分の老骨を見本にして若者たちに結婚を急がせる役割を負う老人だったと推測した。彼は次のように言う。

・おそらく昔は、男女を媒介するために老人がこんな歌をうたったのであろう。痘痕《あばた》の老人を連れて来て種痘をさせるといったポンチがあるが、こうしたものにも長い伝統的な基礎があるもので（中略）老人を尊敬する思想の少なかった時代に、老人をそんなことに利用したのではないかと考えられるのである。
（「民謡の今と昔」）

柳田はここで古今集の男山の歌を源流として、各地に別れて行った流れの末に視点を置いて述べているが、これまでに述べた老いの歌の系譜を振返って見れば分かるように、和歌の系譜の中には「若さ讃め」「嗤われ歌」「老いらくの恋」など、場面に応じて姿を変えながら連綿と続いてきた、盛時を回想しながら若者を挑発する典型がいくつかある。男山の歌は、この種の歌の中でもとりわけ整った姿を見せていて、典型とされるにふさわしい歌だと言える。

柳田は、これらの歌をうたう老人に若い世代を繁栄させるための自己犠牲の姿を見出し、社会から蔑視される老人の悲劇の匂いを嗅ぎ取っているが、この点で折口信夫の見方はもっと楽観的で明るい。折口がこの老人に見出すのは「まれびと」としての翁像であり、古今集の述懐歌は翁舞の詠歌の流れに位置する。折口は巻十七から数首を引用して次のように言う。

• どの歌も、老いを嘆くと言ふよりも、わび歌をもてはやす世になってから、よいきになって、気のよい事を言っている様に見える。其でもやはり、多くの中で、若者たちに向って、心おくれを感じながら、洗練せられた心をほこりかによんでゐる趣きに見えぬではない。

（「異人と文学と」）

こうして老いを侘び、老いをかこちながら「我も昔は」の誇りを歌いたてる。そういう繰り返しの中から生れたのが「わび」の境地であると折口は言う。

・大荒木の森の下草老いぬれば駒もすさめずかるひともなし　（巻十七・八九二）

の歌について折口は、馬に与える乾草が宴席の即興歌に歌われてまれびとの乗物を讃美する歌になり、さらにそれを我が身の上に転じて、駒にも相手にされない老いの境涯を表わすようになる過程を推測している。

片桐洋一著『古今和歌集の研究』によると、この大荒木の森の歌は万葉集の「かくしてやなほや老いなむみ雪降る大荒木野の篠にあらなくに」（巻七・一三四九）や「かくしてやなほやさびなむ大荒木の浮田の森の標ならなくに」（巻十一・二八三九）から引継がれたものであり、更にそこから

・大荒木の森の草とやなりにけむ狩りにだにきてとふ人のなき　（後撰集・一一七八）
・いたづらに老いぬべらなり大荒木の森の下なる草ならねども　（躬恒集）
・大荒木の森の下草茂りあひて深くも夏のなりにけるかな　（忠岑集、躬恒集）

のような歌が生れる。これらは単に老いの表現技法の流れを示すだけではなくて、大和国宇津郡の大荒木の森から山城国乙訓郡の大荒木の森へ、政治の舞台の移動につれて歌枕も動いて行くというモデルケースのひとつでもあると言う。

源氏物語の「紅葉賀」には、好色の老女房源典侍の絵扇に書きつけてあった「森の下草老いぬれ

ば」の歌がきっかけで、光源氏とのやり取りが展開する場面があるが、日常の男女の会話の中でこんなやり取りが普通に行われるほど、この種の知識は一般的なものだったのであろう。貴族社会のことだけではなく、たとえば『梁塵秘抄』の例をあげると

• 王子の御前の笹草は　駒は食めども猶繁し　主は来ねども夜殿には　床の間ぞなき若ければ

• 女の盛りなるは　十四五六歳廿三四とか　三十四五にしなりぬれば　紅葉の下葉に異ならず

これらの今様は明らかに「森の下草」の発想を受継いでいるが、駒が食べても減らない御前の笹草は、若い女体と結びついて一段と卑猥な連想を呼び起こしながら、庶民の間に流布して行ったのであろう。

このように、万葉から古今集初期にかけての老いの歌は、老いに対する尊敬と軽蔑、自負と卑下の感情をないまぜにしながら歌い継がれるうちに、老いの嘆きと、しみじみと侘びの境地を表現する一つの形を発見し、それがパターン化して日本文学の中に、伝統的なあはれの世界を形づくることになる。

• 世の中にふりぬるものは津の国の長柄の橋と我となりけり　（よみ人知らず・八九〇）

• われ見ても久しくなりぬ住吉の岸の姫松幾代へぬらむ　（よみ人知らず・九〇五）

• たれをかも知る人にせむ高砂の松も昔の友ならなくに　（藤原興風・九〇九）

これらの、世に知られた老いの歌のパターンは、千余年を経た今もなお、日本人の心に共鳴を呼ぶ感動の形となっている。

・櫻花散《さくらばな》りかひくもれ老いらくの来むといふなる道まがふがに　（在原業平・三四九）
・おほかたは月をもめでじこれぞこのつもれば人の老いとなるもの　（同・八七九）
・世の中にさらぬ別れのなくもがな千代もと嘆く人の子のため　（同・九〇一）

古今集の作者で、万葉集の旅人や憶良に匹敵する個性派は在原業平であろう。同じ老いを歌っても、業平の歌には老いの侘び芸の域を超えた人生観の重みがある。「月やあらぬ春や昔の春ならぬわが身一つはもとの身にして」「つひに行く道とはかねて聞きしかど昨日今日とは思はざりしを」などの歌とともに、醒めた目で見据えた人生に対する明確な主題が提示されていて深みがある。引用一首目の桜花の歌について大岡信が「老年と死への、恐怖と恍惚のないまぜになった幻視が、この歌に結晶している」とのべているが、それはここにあげた業平の歌全体に言えることであろう。人間そのものに関心を寄せて、心の内面を探求し続けた業平は、老いを見据える目の鋭さにおいて、古今集のなかでも特に抜きん出た個性を持った歌人だということができる。

2　新古今集と老いの風景

ここまで見てきたように、記紀万葉から古今にわたって、実に多くの老いの歌が時代の流れに沿いながら歌い継がれてきた。さまざまな人生におけるさまざまな老いを想定できる現代と違って、限られた生活共同体の中で一様の人生を送る時代においては、老いの形それ自体が時代の姿でもあった。その時代を生きる人々の生活様式や、信仰や価値観を背景にして歌われる老いの歌は、老いてゆく人の独白にも、他人の老いを見つめる眼差にも、不思議な統一感があり温かみがあった。

それが次第に文学的に洗練され、時代の美意識とも言うべき独特の傾向を帯びるようになって、表現を制約する価値観が芽生え始める。それが迢空のいう「わび」の発見であり、「もののあはれ」の世界である。やがてこの美意識は、病的なまでの高まりを見せて人々の心を支配し、文学の表現を規制するようになる。花鳥を歌うときも恋をささやくときも、人の死を悼むときも、歌の背後に古歌のイメージをちらつかせながら、重ね絵模様の幻想世界を展開する。パターン化と言えばまさにパターン化そのものだが、そこに駆使される技巧は並のものではない。

老いの歌ももちろん例外ではない。九十一歳の長寿を全うした藤原俊成を筆頭とする新古今歌人たちの老いの歌は、個人の感懐をこえた時代の美意識に彩られた「嘆老歌」と呼ばれる独特のスタイルを完成させてゆく。

- 思ひやれ八十《やそぢ》の年の暮なればいかばかりかはものは悲しき　（小侍従・六九六）

・数ふれば年の残りもなかりけり老いぬるばかり悲しきはなし　（和泉式部・七〇二）
・老いの波越えける身こそあはれなれ今年も今は末の松山　（寂蓮法師・七〇五）
・老いぬともまたも逢はむと行く年に涙の玉を手向けつるかな　（俊成・一五八四）

和歌の伝統のなかで老いを述懐する歌群には、作者の感情を越え、時代の美意識に副った形式によって歌われた作品が多い。たとえば引用した四首の歌は、それぞれ老いを嘆く歌であると同時に歳末の歌でもある。当時は、年が改まることと齢を加えることとは同義だったから、老いた身は年末を迎えるたびに、これが自分にとってこの世で最後の大晦日かもしれないと思い、また巡って来た年の瀬にも同じ感傷をくり返す。だから、老いの歌は年末に歌われることが多かったし、その感傷のなかで自ずから流れる「老いの涙」もまた、嘆老歌の重要な小道具の一つであった。

状況は異なるが、西行の代表作に数えられる「年たけてまた越ゆべしと思ひきやいのちなりけりさ夜の中山」（九八七）の一首にしても、旅の哀愁に老いの述懐が重なっているから「いのちなりけり」の詠嘆が生きるのである。

・冬を浅みまだき時雨と思ひしを堪えざりけりな老いの涙も　（清原元輔・五七八）
・老いらくの月日はいとど早瀬川かへらぬ波に濡るる袖かな　（大僧都覚弁・一七七四）

これらの歌は、作者個人の感情というよりは一つの約束に基づいて歌われている。老人にも涙もろい人ばかりがいるのではない。気丈な人だっているのだが、老いを題材にして歌を詠むべき席では、詠み込むべき方向は決まっていた。限定された範囲の中で極度に研ぎ澄まされた感性を共有した少数精鋭の新古今歌壇は、異なる価値観を極度に排除する特殊社会であった。

- 幾年の春に心をつくし来ぬあはれと思へみ吉野の花（俊成・一〇〇）
- はかなくて過ぎにしかたを数ふれば花にもの思ふ春ぞ経にける（式子内親王・一〇一）
- ふけにけるわが世の影を思ふ間に遙かに月の傾きにけり（西行・一五三四）
- 眺めても六十路の秋は過ぎにけり思へば悲し山の端の月（藤原隆信・一五三八）
- 晴れ曇り時雨は定めなきものをふり果てぬるはわが身なりけり（道因法師・五八六）

四季折々の美しい眺めも老いの嘆きを一層深くする。「雪月花の時最も君を想ふ」という感慨は、日本人が等しく抱いている詩心の形であったが、そこに老いの感懐が加わると一層の哀調を帯びて歌人を自己陶酔に誘う。

いつも見馴れた太陽を初日と呼び、月の満ち欠けの中にも特に意義深い満月や十三夜を見出して感傷する知恵を、人はいつごろから身につけたか知らないが、そのことが人間を詩人にした。季節を定めて巡り来るものに向い合うと、誰もが自分がこれまでに積み重ねた年の数を思い、来年のこの日のことについて思いを巡らす。恋の歌にも「忍ぶ恋」もあれば「片恋」もあり「あひてあはぬ恋」もある。それと同様に老いの歌にもまた、これを言えば歌になる、逆に言えば、ここを外したら老いの歌とは認められないという独特の「ツボ」があった。

俊成のような長命歌人の作品は、さすがにしっかりとした老いの風格をそなえているが、それでもそこに歌われているのは俊成個人の老いの孤独や感懐だけではない。「老い」と言えば直ちに浮かぶいくつかの約束事の上に、巧みな言葉の斡旋によって幻想の老いの世界がひらけてゆく。だからこの時代の老いの歌にとって、作者の年齢とか境遇の実際はそれほど重要ではない。それは、出家の身の西行が優れた恋の歌を多く残したことと同じ、この時代の歌の在りようの問題なのである。俊成が老いの力をふりしぼって判をした「六百番歌合」のなかにも、熱く恋する者の胸の内を相手は認めてくれないという嘆きや、肉体は老いても恋する心は却って燃え上がる老いらくの恋の切なさに目を向けた歌が多い。

3　老いを歌い尽した俊成と拒否した定家

新古今時代の老いの歌を語るとき、藤原俊成は特筆に値する。彼が後白河院の院宣で『千載集』を撰進したのは七十五歳のとき、「六百番歌合」の判者をつとめたのは八十歳の秋であった。建仁三年には和歌所で後鳥羽院の主催による九十の賀宴を賜り、翌元久元年（一二〇四）に九十一歳の長寿を全うしている。当時としてはまれに見る長寿というばかりでなく、命の尽きるまで衰えなかった作歌意欲は驚嘆に値する。歌人として俊成の名を残す仕事の多くは老年のもので、たとえば彼の代表作の一つとして知られる

●またや見む交野《かたの》のみ野の桜がり花の雪散る春のあけぼの　（俊成・一一四）

という一首が詠まれたのは八十二歳の年の二月、左大将良経家五首歌会の席であった。「またや見む」という初句は、来年の花見まで生きられるかどうか分らない生命を惜しんだ嘆老歌の定石だが、俊成の歌のすごさは「花の雪散る春のあけぼの」という下句のもつ華麗さ、艶のある若さにある。かつて島津忠夫は、老いの青春歌を取り上げた「短歌」の特集号でこの歌を解説し、次のように述べている。

●俊成の意図は、初句の「またや見む」に「再び見ることができるだろうか」という、余命に対する愛惜の情をこめたところにあるとしても、この一首はそれをもう一つの美の中に包んで、『伊勢物語』八十二段の惟喬親王と在原業平・紀在常らが河内の交野で桜がりをした光景を思いうかべて、優艶この上もない歌となっているのである。

俊成は新古今集の新風を導いた指導者であったが、若い作者たちが成長するにつれて、逆に俊成の方が新人の影響を受けて若返ったといわれる。新古今歌風にみなぎる独特の新鮮さは、定家をはじめとする若手歌人たちの感性に支えられて成立したことはもちろんだが、その新しさを認め、擁護した俊成の存在はさらに大きかったはずである。俊成の晩年まで衰えない情熱に感化されて、若手の才能は花開いたのである。

もう一人、新古今の歌人でもなく意識して老いをうたったのでもないが、この時代の老いの歌を語るとき、どうしても取り上げておきたい人物がいる。時代の美意識と自分の境遇との間に揺れ動きながら、二十代の若さで、身につまされるほど切実な晩年の歌を残して死んだ源実朝のことである。実朝といえば、斎藤茂吉が取り上げて以来有名になり、声調の張った万葉調の歌で知られる。例えば実朝の万葉調の代表歌とされる「箱根路をわれ越えくれば伊豆の海や沖の小島に浪の寄る見ゆ」や、実朝が到達した風景表現の極致とも言われ、たたみかけるような緊迫感で荒磯に寄せる波を歌った「大海の磯もとどろに寄する波われてくだけてさけてちるかも」それに、将軍としての大きな心の持ちようを示した「時により過ぐれば民の嘆きなり八大龍王雨やめたまへ」など、名歌というにふさわしい歌はたくさんあるが、彼の歌のよさはそこにのみあるのではない。

・ながめつつ思ふもかなし帰る雁行くらむ方のゆふぐれの空
・老いぬれば年のくれゆくたびごとに我が身ひとつとおもほゆるかな
・老いらくの頭の雪を留めおきてはかなの年や暮れてゆくらむ
・乳房吸ふまだいとけなき嬰児《みどりご》とともに泣きぬる年の暮れかな
・吹く風の涼しくもあるかおのづから山の蟬鳴きて秋は来にけり
・世の中は鏡にうつる影にあれやあるにもあらずなきにもあらず

・世の中は常にもがもななぎさこぐ海人の小舟の綱手かなしも
・ものいはぬ四方の獣《けだもの》すらだにもあはれなるかなや親の子を思ふ
・いとほしや見るに涙の止まらず親もなき子の母を尋ぬる

これらの歌には、権門に生れ何の不足もないはずの境遇にありながら、母の愛情も臣下の尊敬も得られなかった不幸な青年が、憧れとしてひたすらな親子愛を歌い、一種の逃避の場として新古今風の美意識や無常観に溺れてゆく過程が、かなしく歌いこめられている。ただ座して滅びを待つほかはない境遇が、二十代の肉体に老人の心を抱いて生きるという、歴史の上に類例を見ないような不思議な人格の殻に、この若者を追い込んだのであった。

青春を晩年に、背後に迫る死の足音に怯えながら生きた実朝にとって、老いも死も同じ絶望の形であって、美意識などという呑気な次元のものではない。貴族社会の美意識にあこがれながら過酷な現実に翻弄されたことで、実朝の歌は独特の力を身につけた。というより、実朝にとって貴族趣味は過酷な現実から逃避する場であり、心の悲傷を歌に詠むことで辛うじて人間の心を保ち得たのであろう。「出ていなば主なき宿となりぬとも軒端の梅よ春を忘るな」という一首が、殺される日の朝に詠んだ遺詠だと伝えられている。これには異論も多く、他人の偽作としてその出所を追及した研究もあると聞くが、逸話に花を添えるために贋作が出るほど、実朝の生き方は人の心を動かしたのであった。

一方で実朝は「本歌取りの名人」と揶揄されてもいる。たとえば引用した歌の一首目には「春霞立つを見捨てて行く雁は花なき里に住みや馴らへる」（伊勢・古今集）「見れどあかぬ花の盛りに帰る雁なほ故郷の春や恋しき」（詠み人知らず・拾遺集）「眺めつつ思ふもさびし久方の月の都の明け方の空」（藤原定家・新古今集）などの影響が指摘されていて、それを実朝の歌の弱点とする見方もある。たしかに、実朝の歌の中に先行する先輩歌人の影響を探し始めたらきりがないほどあるが、そのことを実朝の歌のマイナス面とばかり言い切ってよいのかどうか。

三木麻子はその著『源実朝』の中で次のように言う。

・実朝は溢れるばかりの自らの心を、先行する歌の言葉にあえて閉じ込めようとするのである。先行する和歌の多くのたぎる思いをその言葉によって再生し、自らの心を重ねていく。自らの実感を、古典和歌の手法を利用して先行する言葉で語らせようとしたとき、実朝にとって和歌は新しい意味を持ったのだと思われる。

実朝の理解者である三木が、反対者の存在を承知の上でこう言い切る自信の裏付けとなっているのは、斎藤茂吉の『源実朝』という著作の存在が大きいと思われる。三木が引用した茂吉の言葉を孫引きで示すと

・およそ実朝の歌全部を大観すれば、実に広汎なる本歌取りの歌境であって、新古今、拾遺、万葉という具合に、同時的にも相交錯しておもう存分にその影響を受けている。

・実朝が本歌取りをしたのは当時の教育によったのである。そういう作歌の態度は無論作歌の大道ではないが、実朝はそういう時代に生れたのである。（中略）実朝は優れた歌の句を見抜く眼力があった。それからそれを本歌として自己本来の歌をつくる力量を有《も》っていた。かくの如き歌人を褒めずに後代の吾等は誰を褒めるか。

茂吉は彼の持論である万葉調を啓蒙するための手段として、モデルを選んで徹底的に推挙し偶像化する方法をとった。大事なモデルとして選んだ実朝に少々の弱みがあっても、先手を打って文句を言う隙を与えないほど褒めちぎる。そういう茂吉の戦法が見え見えの感はあるが、茂吉の言わんとすることには納得できる気がする。

実朝の師で、新古今時代の美意識の構築者であり、華麗妖艶な歌風を創出した藤原定家は、意外にというか当然ながらというか、老いの歌の埒外に居た歌人であった。徹底した美意識によって非現実の世界にのみ詩を求めた定家にとって、老醜という現実を歌にするほど耐えがたいことはない。彼は、自らの老いを歌う屈辱から逃れるように、晩年を精力的に古歌の筆写に打ち込み、自らの老いを歌うことはなかった。

老いても老いを歌わなかった定家と、若き身で惑溺するように晩年の悲しみを歌った実朝と、この不思議な師弟関係の存在が、中世の歌壇に奥行を与え、謎を深めている。

あとがき

「ことば遊びの楽しさ」では、私の故郷の山村に行われていた実例を中心に雑俳の概略を説明したが、「はじめに」でも触れたように、これは先に刊行した『伊良湖の歌ひじり・糟谷磯丸』のなかで、多くの読者から寄せられた疑問に対する答を意識しながら書いたものである。

糟谷儀丸という男がいた。その日暮しの貧しい漁夫で、四十歳近くまで文字も知らなかったが、ある日、旅人が神前に和歌を朗誦するのを聞いて興味を持ち、歌を詠み始める。無筆の歌詠みという意外性からか、多くの人に可愛がられ、二条派和歌宗匠芝山大納言持豊の門下となり、宮中行事や伊勢神宮の神事にも参列した。全国に大名、神官、僧侶、国学者などの知己が多く、呼ばれるままに旅を重ねて歌を詠んだ。見様見真似で覚えた文字も晩年には一流の域に達し、三河や信州の古民家には、磯丸の書を家宝のように大切にしている家が今も多い。地元の人たちは彼を「磯丸さま」と呼んで尊敬し、死後は「磯丸霊神」として神に祀り、伊良湖神社の境内に祠を建て、今も毎年五月には磯丸祭が行われる。三河を中心に長野、静岡に及ぶ磯丸ゆかりの地には三十数基の歌碑があり、ほかにも伊良湖岬の灯台をめぐる遊歩道「いのりの磯道」には、地元の人たちによって磯丸の代表歌七十余首の碑が建てられ、磯丸に関する野外博物館、記念公園の観がある。

文字を知らない磯丸が、文字を学ぶ前に歌を詠み始めたことは、和歌や俳句を文字で読むことが常識となってしまった現代から考えると意外な気がする。磯丸が生きていた時代は、和歌は文字を知る一握りのエリートたちの教養科目だったから、そのエリートたちから見れば、その日暮しの無筆の漁夫ごときが歌を詠むということは、意外性を通り越した御愛嬌であった。この御愛嬌が、磯丸が多くの知識階級から興味を持たれ、可愛がられるきっかけとなったのだが、対象を和歌や俳句に限らず、大衆文芸一般、文芸を意識しない遊びの領域にまで広げて考えれば、文字を知らないでも参加でき、定型の付合いを楽しむことの出来る、ゲーム性の高い言葉遊びの場は到る所に存在した。

東海地方には特にこうした自由な言葉遊びを愛する人々が多かったのではないかと、私は思っている。たとえば蕉風開眼の書といわれる『冬の日』を成さしめたのは、野水、荷兮をはじめとする尾張の俳人たちだったが、その芭蕉の孤高な文学意識と変り身の早さについて行けず、最初に見切りをつけ、離反して大衆路線へ舵を戻したのも彼らだった。最後まで芭蕉に従い、蕉門十哲の一人に数えられ、自らも蕉風の後継者を自負しながら、現実には芭蕉とはかなり違った俳風を広めた各務支考も美濃の人で、彼の開いた美濃派（獅子門）は平俗、浅薄と誹謗されながらもこの地に今も続く一大勢力を築いている。それに、尾張から美濃にかけて盛んな独特の雑俳種目「狂俳」の存在（本文で詳説した）など、この地方に根づいた文学風土には、雑俳との深いつながりがあることが分る。そういう雰囲気の土地に生まれ育った磯丸が、文字を知らないままに歌を詠んだとしても不思議ではないだろう。そのような事情をどこまで伝えられたか、はなはだ心もとないが、テレビもカラオケもインターネットもなく、電話すらも村に数台しかなかった時代の庶民の楽しみの一つの局面を、人々の記憶から消えてゆく前に、誰かが書きとめておくことが必要だと思ってこれを書いた。

次の「短歌と俳句」では、「ことば遊びの楽しさ」の中では避けて通って来た短歌と俳句について、視点を変えて考えてみた。俳句（俳諧の発句）が短歌（和歌）から離れ、付句を拒否して独自の歩みを決意したとき、表現の道具としての言葉を、追加ではなく削ることから始めたことは、短歌と俳句にとって最大の謎であり問題点であろう。七・七を切り捨てたことで俳句は何を得たのか。またそれによって失ったものは何だったのか。この小文は単なる問題提起にすぎず、ここからはまだ何も見えて来ないが、こうした徒労に近い試みを積み重ねるうちに、何かに行き当るかも知れないという、かすかな希望はもっている。

「古典和歌に見る老いの風景」は、記紀万葉から新古今和歌集が完成する頃までに、和歌のなかで「老い」がどのように歌われたか。また老人をめぐる人々の意識はどう変化し、社会における老人の役割にどう影響したかを、作品を読み比べながら考えたものである。短詩型文学と言われる中のさまざまなジャンルには、自然や人の一生を表現する上でそれぞれ得手不得手、向き不向きがあるが、老いの表現などは短歌の得意分野であろう。その「老い」の表現の推移を、出来れば時代を追って、現代までたどってみたいという望みは持っているが、いまはその入口にさしかかったところである。

せめて総合誌くらいは読める程度に視力も回復し、集めて未整理のままの資料を検討する余裕ができてから、事後のことを考えたいと思っている。

ここに載せた三つの小論は、かつて私が所属していた歌誌、岡野弘彦主宰の「人」、成瀬有主宰の「白鳥」、それに現在所属している「岐阜県歌人クラブ」などに細切れに発表してきたものに手を加え、つないだり継ぎ足したりしたもので、引用した資料はかなり古いが、その資料に寄せる私の信頼は変っていないのでそのまま載せた。

本書の出版にあたっては、砂子屋書房の田村雅之氏をはじめ多くの方々にお世話になった。記して感謝の思いをささげたい。

二〇一五年五月

安江　茂

安江　茂（やすえ　しげる）

一九三七年　岐阜県加子母《かしも》村（現中津川市）生まれ
一九七五年　岡野弘彦主宰の「人」短歌会に入会し、短歌をはじめる
一九九三年　「人」解散、翌年成瀬有主宰の歌誌「白鳥」の創刊に参加（二〇一三年終刊）

著書　歌集『幻郷』（一九八九年、本阿弥書店）
『火蛾』（一九九四年、角川書店）
『浮遊感』（近刊、砂子屋書房）
歌書『伊良湖の歌ひじり・糟谷磯丸』（二〇一〇年、本阿弥書店）

現在、現代歌人協会会員、中部日本歌人会顧問、岐阜県歌人クラブ会員

ことば遊びの楽しさ

二〇一五年八月八日初版発行

著　者　安江　茂
愛知県犬山市塔野地字山王一一─二（〒四八四─〇〇九四）

発行者　田村雅之
発行所　砂子屋書房
東京都千代田区内神田三─四─七（〒一〇一─〇〇四七）
電話　〇三─三二五六─四七〇八　振替　〇〇一三〇─二─九七六三一
URL　http://www.sunagoya.com
組　版　はあどわあく
印　刷　長野印刷商工株式会社
製　本　渋谷文泉閣